엄마는
좀비

엄마가 좀비가 된다면 어떻게 할래?

엄마는
좀비

차무진 지음

생각
학교

목차

만 원짜리 마우스를 쥐어 든 녹현이는 다이소 계산대를 물끄러미 바라보았다.

계산대에서 혼자 분주하게 움직이는 사십 대 초반의 직원이 보인다. 그 직원 앞에는 손님들이 줄을 길게 서서 계산하기를 기다리고 있다.

왼쪽을 보았다.

손님들이 스스로 계산하라고 설치한 키오스크가 석 대나 설치되어 있지만 손님들은 직원이 계산해주는 계산대 앞에만 줄을 서 있었다.

'쩝. 키오스크가 텅텅 비었는데 왜 꼭 저기서 계산하려 들지?'

이해가 가지 않는 건 아니다.

버거킹이나 맥도날드 같은 곳은 키오스크를 이용해서 혼자 결제하는 사람이 많지만 이곳은 다르다. 이 동네에는 노인이 많이 산다. 그분들은 저런 키오스크를 사용할 줄 모른다. 그래서 키오스크 앞이 늘 텅텅 비어 있는 거다.

다이소 마크가 찍힌 앞치마를 착용하고 포스 단말기를 두드리는 여자 직원은 몹시도 허둥대고 있었다.

한 손은 바코드 스캐너를 잡고, 다른 손은 그릇이나 화장지, 발 매트 따위를 옆으로 이동시키고, 또 두 손으로 계산된 물건들을 신문지로 싼 후 비닐에 쑤셔 넣는다. 그리고 손님에게 가져가라고 내민다.

딱 봐도 움직임이 서툴다.

물건을 떨어뜨리기도 하고, 뒤늦게 영수증을 뽑아 내밀면 손님은 이미 저쪽으로 가버린 후다. 어떨 땐 계산이 잘못되었는지 단말기를 한참 쳐다보기도 한다.

매장에 있는 다른 직원들은 저 허둥대는 직원을 도와주지 않았다.

다음 손님은 선 캡에 선글라스를 착용한 오십 대 여성이었다.

"어머."

단말기 앞에서 직원은 저도 모르게 외마디 비명을 질렀다.

그 손님이 매장에 있는 해바라기와 수선화 조화를 전부

가지고 왔기 때문이다.

해바라기가 집에 있으면 돈이 들어온다는 속설 때문에 사람들은 해바라기 그림 액자나 조화로 만든 해바라기를 집 안에 두곤 한다.

문제는 원래 낱개로 파는 상품인데 계산대 위에 올려진 조화는 대여섯 개의 단으로 꽁꽁 묶여 있다는 것이었다. 손님이 매장 안에서 철사 끈으로 직접 묶은 것이다. 계산대 직원은 계산하기 위해 그 끈을 하나하나 전부 풀어야 했다.

"이거 낱개로 파는 건데 이렇게 묶으시면……"

"아, 저쪽에 철사 끈이 있길래 내가 들고 가기 편하게 묶었는데, 왜?"

"계산 전에 이렇게 묶어놓으시면 안 되는데요, 손님. 하나씩 따로따로 계산해야 해요."

"아, 그럼 그쪽이 풀어서 계산하든가."

다이소 직원은 한숨을 쉬더니 손님이 억지로 묶어놓은 끈을 전부 풀기 시작했다.

그녀가 뒤에 줄 선 사람들에게 외쳤다.

"저기, 죄송한데요, 기다리시는 분들은 옆에 키오스크가 있으니까 간단한 것은 그쪽을 이용해주시겠어요?"

손님들은 들은 척도 하지 않았다.

시간이 흘러도 줄은 짧아지지 않았다. 서 있는 사람 중 나이 많은 아저씨들 몇이 투덜거렸다.

"거, 빨리빨리 좀 계산합시다!"

"뭔 손이 그렇게 느려서야. 허 참."

그 말에 다이소 직원은 얼굴이 빨개졌다.

뒤에 줄 선 사람들 표정이 굳어졌고, 해바라기를 사겠다는 선글라스 여자는 손 하나 까딱하지 않고 손에 카드 한 장만 달랑 들고 있었다.

직원은 자기가 할 수 있는 한 가장 빠른 속도로 해바라기 줄기마다 붙은 바코드를 하나하나 찍고 다시 원래대로 묶어 옆으로 옮겼다. 그중 한 묶음의 철사 끈이 풀리지 않자 직원은 커터 칼로 끊었다.

"앗!"

그러다가 다이소 직원은 그만 손을 베이고 말았다.

그제야 창고에서 다른 직원이 달려왔다.

"여긴 내가 할게. 창고에 들어가서 소독해."

"고맙습니다, 점장님."

손을 베인 직원이 휴지로 검지를 감싸며 계산대에서 물러

났다.

　휴지는 금세 붉은색 피로 물들었고, 그 직원은 세 번째 매대로 가서 소독약과 밴드를 하나 골라 키오스크로 갔다.

　키오스크에서 소독약과 밴드를 계산한 직원은 '직원용'이라는 간판이 달린 문을 열고 그 안으로 들어갔다.

　녹현이는 멍하게 그 사십 대 직원을 지켜보았다.

　뒷모습만 보였지만 녹현이는 그 다이소 직원이 저 문을 닫는 동시에 쪼그리고 앉아서 마구 울음을 터뜨릴 것 같다는 생각이 들었다.

　짧은 시간 지켜본 것이었지만 마치 전쟁터에서 십만 대군을 상대하는 외로운 병사 같아 보였다고나 할까.

　녹현이는 들고 있는 마우스를 바라보았다.

　집에서 게임하던 중에 마우스가 고장 나서 급하게 아파트 앞 다이소에 마우스를 사러 온 참이었다.

　조용히 계산대를 지나 키오스크로 갔다.

　녹현이는 엄마 카드로 마우스를 계산하고 영수증을 출력했다.

1

방에서 여섯 시간 만에 얼굴을 내민 녹현이는 화장실에서 볼일을 보고 다시 방으로 들어가려다가 어둑한 거실을 바라보았다.

엄마가 응접실 소파에 엎드려 있었다.

그쪽으로 갔다.

엄마는 피곤한 숨을 내쉬며 잠들어 있었다.

탁자에는 희고 굵은 종이 묶음과 노트북, 불어사전과 태블릿 PC가 어지럽게 놓여 있다. 노트북 자판에 한 손을 올린 채 졸고 있는 엄마의 묶은 뒷머리가 어깨 너머로 흘러내리고 있었다.

녹현이는 자판에 올려놓은 엄마의 손을 보았다.

검지에 흰 밴드가 둘둘 감겨 있었다. 낮에 계산대에서 해바라기를 묶은 끈을 풀다가 베인 상처였다. 그 손이 자판을 누르고 있어서 노트북 화면에는 F가 끝없이 찍히고 있었다.

녹현이는 살포시 밴드가 감긴 엄마 손을 노트북 자판에서 떼어냈다.

엄마는 요즘 부쩍 힘이 없어 보였다.

엄마가 월요일, 화요일에는 꽃집에서, 수요일, 목요일, 금요일에는 다이소에서 일하는 것은 생계를 위해서라는 걸 녹현이는 잘 알고 있다. 하지만 힘들게 일하고 와서 또 노트북을 열고 무언가를 쓰다가 저렇게 잠드는 일이 반복되니 녹현이도 짜증이 났다.

'씨, 피곤하면 침대에 가서 주무실 것이지. 여기서 이러면 어떡해? 얼마 못 가 금방 쓰러질걸!'

엄마의 고됨에 알 수 없는 화가 치밀었다.

엄마가 눈을 떴다.

엄마는 눈동자만 돌려 녹현이를 올려다보았다.

"지금 몇 시니?"

9시 30분이었지만 대답하지 않았다.

엄마는 화들짝 놀란 표정을 짓고는 주섬주섬 흐트러진 종이들을 챙기고 일어났다.

"으아아, 두 시간이나 졸았네. 존 게 아니라 그냥 잔 거네. 아차, 밥 먹어야지. 쇠고기 사놓은 게 있어. 구워 줄게. 조금만 기다려.”

싱크대에는 엄마가 사놓은 쇠고기 팩이 보였다. 냉장고에 넣지 않고 장 본 그 상태로 두어 랩 안의 고깃덩이는 탁한 빛을 내고 있었다.

엄마는 고무장갑을 꼈다.

싱크대에는 쌓인 설거짓거리가 많았다. 학교에 가지 않는 녹현이가 아침과 점심을 먹고 내버려둔 그릇들이었다.

녹현이는 정수기에서 물을 따라 마셨다.

달그락달그락.

엄마가 그릇 씻는 소리가 요란하게 들려왔다.

“안 먹을래요, 저녁.”

“왜?”

“그냥.”

“고기 사 왔다니까. 구워 줄게.”

녹현이는 대답 대신 냉장고에서 포도주스를 꺼내 들고, 식탁 위에 있는 식빵과 딸기잼을 겨드랑이에 끼우고 방으로 몸을 돌렸다.

뒤에서 엄마가 부르는 소리가 났다.

“녹현아.”

녹현이가 몸을 돌리고 엄마를 보았다.

"오늘 학교에 왜 안 갔니?"

"……."

"엄마랑 약속했잖아. 이번 주부터 매일 가기로."

"아, 귀찮아서요."

엄마는 물끄러미 녹현이를 바라보았다.

"한 주는 학교에 나가고, 또 한 주는 학교에 안 나가고. 왜 그러는 거니? 가고 싶을 때 가는 게 아니잖아, 학교는."

"……."

"종일 잠만 잔 거니?"

"……."

"너, 보니까 장기결석이 안 되게 이틀이나 사흘에 한 번씩 적당하게 나가는 거지? 담임선생님이 그러시더라. 이미 점수가 찼다고. 출석 인정 일수가 허용치를 넘어서 교육청에서도 여러 번 전화가 왔다고. 자꾸 이러면 너, 자퇴해야 해!"

"아, 신경 끄세요. 내가 알아서 할 테니까. 뭘 신경 쓰는 척 해?"

녹현이는 방으로 들어가 방문을 닫았다.

동시에 방문이 열렸다.

엄마가 물이 뚝뚝 떨어지는 고무장갑을 낀 채 녹현이를 노려보고 서 있다.

"방금 뭐랬니?"

녹현이는 엄마를 물끄러미 바라보았다.

"뭐가요?"

"방금 엄마한테 말하는 그 태도는 또 뭐야!"

"내가 알아서 학교 가겠다고."

"언제?"

"가고 싶어지면 갈게."

"너, 중3이야. 넌 아직 어른이 아니야. 학교는 네가 가고 싶을 때 가고 가기 싫으면 안 가는 곳이 아니라고."

"그렇다고 제가 1등 안 하는 건 아니잖아요."

그 말에 엄마는 입을 닫았다.

그렇다.

녹현이는 반에서 1등을 놓친 적이 없었다. 사실 학교를 쉬고 싶었지만 그럴 수 없었다. 중학교는 의무교육이어서 휴학이 없다. 그래서 근 육 개월 동안 일주일의 반은 학교에 나가고 또 반은 안 나가는 생활을 반복했다. 그러나 사흘 연속 무단결석은 되지 않게 애썼다. 무단결석이나 미인정 결석이 계속되면 진학에 문제가 생기기 때문이다. 또 시험기간에는 반드시 나갔다. 시험기간에는 학교에 꼬박꼬박 가서 시험을 치르고 온다. 결과는? 늘 전교 1등이었다.

그러고 보면 녹현이는 공부도 좋아했고 학교도 다니길 좋아하는 아이였다. 하지만 지금은 아니다. 녹현이는 자신의 생활기록부에 문제가 생기지 않는 선에서 교묘하게 결석하면서 엄마를 괴롭히고 있었다.

학교에 안 가고 집에 있을 땐 잠만 자거나 게임만 한다.

"너 그러는 거 은둔형외톨이 증세야!"

"자발적이에요."

"왜 자발적으로 은둔하니?"

"내 마음이에요."

녹현이는 은둔형외톨이가 맞지만 다른 은둔형외톨이와 달랐다. 녹현이는 스스로 한시적인 자발적 은둔형외톨이 생활을 택했다.

육 개월 전까지만 해도 매일 학교에 가고 친구들과 뒤엉켜 지내는 발랄한 중학생이었고, 지금도 마음만 먹으면 언제든 그럴 수 있다.

"다른 엄마들은 자기 아이가 공부 안 해서 고민이라던데,

엄마는 왜 이리 호들갑이에요? 내가 알아서 공부 다 하는데 뭐가 불만이냐고!"

"뭐, 뭐라고? 불만?"

엄마가 한 걸음 방으로 들어왔다.

"이 녀석이!"

녹현이도 지지 않고 엄마를 노려보았다.

"공부보다도 생활 습관이 더 중요해. 두더지처럼 방에만 틀어박혀서 종일 잠이나 자고, 밤에는 게임이나 하고, 또 씻지도 않고, 그러는 게 정상이라고 생각해?"

"그럼 나 이제 시험 같은 것도 안 봐. 시험도 치기 싫었는데 누구 때문에 치러 간 건데, 씨."

"뭐라고? 이 녀석이. 그럼 하지 마. 때려치워! 엄마는 시험만 잘 치는 아들은 싫어. 네 방 좀 봐. 이게 사람이 사는 방이야? 온 동네 쓰레기가 다 쌓여 있는 것 같잖아. 너는 대체 하루를 무슨 생각 하면서 지내는 거니? 엄마는 은둔형외톨이 아들은 싫어! 엄마는 성실하고 부지런하고 규칙적인 생활을 하는 아들이 좋아."

그 말에 녹현이가 이를 갈면서 말했다.

"나도 싫어, 엄마가!"

"뭐, 뭐라고?"

엄마가 눈을 동그랗게 떴다.

녹현이는 엄마가 열받도록 자기가 학교에 안 나가는 이유가 아빠 때문이라고 말하려다 그만두었다.

"내가 왜 집에만 있는 줄 알아? 알 리가 없지! 쳇."

"왜? 뭔데?"

'말할까?'

"뭐냐고? 네가 엄마 속 썩이려고 일부러 이러는 거 알고 있어. 대체 뭐 때문이냐고?"

그러자 더는 참지 못하고 내뱉었다.

"아빠 내쫓고 이렇게 집을 썰렁하게 만든 엄마가 싫다고!"

그러자 엄마 눈동자가 흔들렸다.

녹현이는 엄마에게서 획, 등을 돌렸다.

종일 생활하는 4평의 공간이 눈에 들어왔다. 바닥에는 여기저기 널브러진 청바지와 속옷들이 발에 차였고, 방의 반은 책과 신발 상자와 온갖 잡동사니로 산을 이루었다. 책상 위도 엉망이다. 모니터에 돌아가는 게임 화면, 책상에는 먹다 남긴 컵라면, 빵 부스러기, 생수통, 과자봉지들.

녹현이는 원래 깔끔한 아이였다.

결벽증이 있을 만큼 씻기를 좋아했고, 특히 아빠와 목욕하기를 좋아했다. 녹현이는 아빠가 집을 나간 후부터 이런 지저분한 생활을 했다.

아빠는 반년 전에 짐을 싸서 집을 나갔다. 엄마와 싸운 후였다. 아빠가 집을 나간 건 사실 엄마 잘못이 아니라 아빠 탓이란 걸 녹현이는 잘 알고 있다.

그 일은 명백하게 아빠 잘못이었다.

아빠에게 여자친구가 있었다.

엄마는 그 사실을 몰랐던 것 같다. 엄마가 알게 된 건 엄마의 학교 선배이자 엄마와 아빠를 소개해준 출판사 사장 아줌마가 백화점에서 아빠를 보고 나서였다. 아빠는 모르는 여자와 다정하게 팔짱을 끼고 쇼핑을 하고 있었다고 한다.

엄마는 아빠를 추궁했다.

아빠는 전부 수긍했다. 엄마는 울지 않았다. 엄마는 아빠를 무섭게 노려보며 숨만 크게 몰아쉴 뿐이었다.

그날, 두 사람은 안방에서 한 시간 정도 대화를 했고 다음 날 아빠는 옷과 노트북, 책 등을 챙겨 집에서 나갔다. 그 후 녹현이는 육 개월째 아빠를 본 적이 없다.

집에는 여전히 아빠 물건이 많다.

아빠가 보던 책, 아빠가 좋아하는 액자, 아빠의 골프채, 아빠의 가죽 가방, 아빠의 구두. 그것들을 보면 아빠가 오늘 당장이라도 돌아올 것 같았다.

아빠 메신저톡에는 여전히 녹현이와 엄마와 아빠가 웃고 있는 사진이 걸려 있다. 녹현이는 그 메신저톡에 말을 걸지 않았다.

그 일이 있고부터 녹현이는 학교에 가지 않았다.

방에 틀어박혀 잠을 자거나 게임만 하고 지냈다. 학교에 가서 친구들과 어울리고 싶었지만 참았다. 자발적 은둔형외톨이가 되어서 엄마와 아빠의 속을 썩이고 싶었다. 그것은 두 사람에게 행사하는 녹현이만의 보이콧이었다.

사실 녹현이는 아빠가 쫓겨난 것이 당연하다고 생각했다. 하지만 아빠가 나간 후 집은 적막해졌다. 대화가 없었고 엄마는 늘 피곤했다. 식탁엔 배달한 음식의 플라스틱 용기만 가득 쌓여갔다.

녹현이는 지금도 안방 문 건너에서 아빠가 엄마한테 조용하게 말하는 소리를 잊지 않는다.

두 사람이 살벌한 눈빛을 나누며 안방으로 들어갔을 때

녹현이는 닫힌 문에 귀를 대고 있었다. 아빠는 기회를 달라고 말했다.

엄마는 가차 없었다. 엄마는 오늘부터 당장 따로 지내야 한다고 말했다.

"당장!"

"여보."

"나도 이제 내 삶을 살겠어!"

거기서 녹현이는 더 듣지 않고 문에서 귀를 뗐다.

엄마가 '당장'이라는 단어를 쓰는 건 진짜로 화가 났다는 뜻이었다.

녹현이는 거품이 뚝뚝 떨어지는 고무장갑을 끼고 있는 엄마를 휙 노려보았다.

"내 방이 이상해요? 내 방이 냄새나고 더럽고 지저분해요? 근데요, 난 우리 집 전체가 그런 것 같아."

"뭐라고?"

"우리 집 전체가 엉망이라고요! 엄마 때문에!"

엄마는 벌린 입을 닫았다.

녹현이는 엄마가 다이소에서 손을 벤 것도, 꽃집에서 모르는 아저씨한테 꽃을 받는 것도 싫었다. 엄마가 혼자 식탁에서 우는 것도, 혼자 매일 한 시간씩 드라이브 나가는 것도 싫었다. 아빠는 생활비를 보내주겠다고 했지만 그것조차 받지 않고 저렇게 고집을 부리는 엄마가 싫었다.

엄마가 원망스러웠다.

엄마가 잘못을 시인하는 아빠를 받아주길 바랐다. 엄마가 아빠를 용서해주었다면 아빠는 집을 나가지 않았을 테고, 녹현이네 가족은 그 일을 금세 잊을 수 있었을 거라고 생각했다.

녹현이는 아빠가 아닌 엄마가 가정을 깼다고 생각했다.

"……용서해줘도 됐잖아, ……아빠를."

"…….."

"……잘못했다고 말했으니까 용서해줘도 됐잖아!"

사실 좀 촌스러운 말이기도 했다.

녹현이는 부모의 이혼에 큰 영향을 받지 않는 친구들을 많이 본다. 반에도 부모님이 이혼하거나 별거하는 친구들이 많다. "뭐 하라면 하라지. 엄마 아빠 인생은 그들 거고 내 인생은 내 거니까"라고 말하고 다니는 친구들.

'그건 그 애들 생각이고.'

녹현이는 다르다.

'진짜로 진짜로 엄마 아빠가 둘 다 필요하다고, 난.'

녹현이의 바람은 세 식구가 예전처럼 웃으며 사는 것이다.

"아빠를 쫓아냈으면 더 행복하게 지내야 하는 거 아냐? 낮에 다이소에서 그게 뭐야, 손님들 앞에서 질질 눈물이나 흘리고! 지긋지긋해, 당신!"

녹현이의 말에 엄마는 눈을 꼭 감았다.

녹현이는 '당신'이라는 말을 넣어서 한 번 더 쏘아붙였다.

"난 아빠보다 당신이 우리 집을 깼다고 생각해."

엄마가 차갑고 나직하게 말했다.

"……너, 내가 하는 마지막 경고야. 내일부터 학교에 나가."

엄마는 무언가를 더 말하려다가 입을 닫았다. 엄마는 고무장갑을 벗고 안방으로 들어갔다.

쾅.

문 닫는 소리는 낮에 엄마가 다이소에서 '직원용'이라고 쓰인 문을 닫을 때와는 다르게 들렸다. 하지만 낮처럼 저 문을 닫는 동시에 쪼그리고 앉아서 마구 울음을 터뜨릴 것이 분명했다, 엄마는.

녹현이는 조용히 자기 방문을 닫았다.

2

　엄마한테 쏘아붙인 게 마음에 걸려서 녹현이는 다음 날 학교에 갔다. 담임선생님이 불렀다. 저번 주 수요일에 나타나고 주말 포함해서 닷새 만에 나타난 녹현이에게 선생님은 말없이 출석 일표를 보여주었다. 학교에 안 나온 날이 나온 날만큼이었다. 녹현이는 이제 매일 학교에 나오겠다고 말했다.

　선생님은 고개를 끄덕였다.

　"공부도 중요하지만 학교생활도 중요해. 알겠니?"

　"죄송해요."

　점심때가 되었고 터덜터덜 급식실로 갔다.

　오늘의 메뉴는 돈가스와 비빔국수였다. 오래간만에 먹는 학식이라 그런지 군침이 돌았다. 집에서는 컵우동을 먹거나 짜장면을 시켜 먹기만 했다.

　그때 식판을 든 진혁이가 녹현이 어깨를 툭 쳤다.

　"오늘부터 매일 학교 나온다며?"

진혁이 뒤에서 장우와 민기도 모습을 드러냈다. 소문이 퍼졌나보다.

"이히히 끝나고 게임방 가자!"

이 세 명은 녹현이랑 함께 매일 밤 인터넷에서 만나 게임하는 사이다. 녹현이가 학교에 나가지 않았을 때에도 이들과는 매일 만났다, 게임 속에서.

녹현이는 이 녀석들을 '게임진따'라고 부른다. 그 말은 녹현이가 붙인 별명이 아니라 자기네가 스스로 붙인 별명이다. 게임진따는 '게임을 진정으로 따랑하는 사나이들'이라는 뜻이라나.

"됐어. 바로 집에 가서 청소해야 해."

그때였다.

누군가가 녹현이 등을 또 쳤다.

그 바람에 돈가스와 함께 나온 된장국이 쟁반에 쏟아졌다.

"어이, 사기꾼. 이제 학교 나온다며?"

강동민이다.

녹현이는 잘못 걸렸다고 생각했다.

강동민은 학교 짱이다. 강동민 뒤에서 패거리들도 모습을 드러냈다. 동민이의 출현에 진혁이는 장우와 민기에게 턱짓

하며 피하자는 눈짓을 보냈고 게임진따는 서둘러 저쪽으로 갔다.

동민이가 녹현이와 마주 보고 섰다.

동민이는 다짜고짜 녹현이의 볼을 잡고 들어 올렸다. 녹현이는 볼이 잡힌 채 동민이를 노려보았다.

"아니꼽냐?"

"놓으라고."

"아니꼬우면 내 칼 돌려달라고, 사기꾼 자식아."

동민이가 녹현이에게 사기꾼이라고 부르는 이유는 학기 초에 있었던 일 때문이었다.

학기 초까지만 해도 동민이는 녹현이를 이렇게 대하지 않았다. 학교 짱이었지만 공부 잘하고 운동 잘하고 여학생에게 인기 좋은 녹현이를 괴롭힐 이유가 없었다. 오히려 녹현이와 친해지려고 노력했다.

학기 초 수학 쪽지시험 때 녹현이는 뒷자리 한 칸 옆에 앉은 동민이가 머리를 빡빡 긁으며 고통스러워하는 것을 보고 열 문제 정도를 슬쩍 보여주었다. 물론 동민이는 녹현이가 보여준 답으로 능력보다 월등한 성적을 냈다. 이후 학교 짱인 동민이는 녹현이를 끔찍이도 좋아했다.

녹현이가 바라지도 않았는데 편의점에서 사 온 빵을 가방에 넣어주고, 학교 앞 게임방 한 달 치 사용권을 만들어두고 자유롭게 이용하라고 했다.

"야, 이러지 마. 그냥 마음만 받을게."

그 말이 더 마음에 들었는지 동민이는 매일 녹현이 가방에 빵과 포도주스 팩을 넣어주었다. 녹현이가 포도주스를 엄청 좋아하는 걸 알고선. 그러니까 빵셔틀을 당한 게 아니라 빵세례를 받았다고나 할까.

녹현이와 동민이는 「던전 앤드 라이온」이라는 온라인 RPG 게임도 함께했다.

동민이한테는 제브라 소드, 레벨 67짜리 아이템이 있었다. 그것은 「던전 앤드 라이온」에서 상위 10퍼센트의 유저들만 가지고 다니는 엄청난 칼이다. 한번 휘두르면 레벨 갑인 드래곤도 그대로 나가떨어지는 마성의 칼. 아이템을 몰래 사고파는 '어둠의 장터'(물론 불법이다)에서도 그 칼은 고가에 거래가 이루어진다고 했다.

어느 날, 녹현이는 동민이한테 그 칼을 한 번만 휘둘러보고 싶다고 말했다. 동민이는 한참 망설이다가 녹현이 캐릭터를 사람들이 없는 한적한 해변으로 데리고 갔다.

"내가 칼을 놓을 테니, 네가 얼른 주워. 그리고 하루만 사용하고 돌려줘."

온라인게임에서 아이템을 버리면 다른 캐릭터가 주울 수 있었다. 그러면 그 아이템은 주운 캐릭터의 소유가 된다. 어른들이 아이템을 사고팔 때 흔히 이런 방식을 취한다.

동민이는 아무도 없는 곳에서 칼을 떨어뜨리고, 녹현이가 얼른 주워서 칼을 취하게 하려는 것이었다. 그리고 같은 방식으로 돌려받으면 문제없었다.

"오케이, 알았어."

동민이의 게임 캐릭터는 녹현이 캐릭터 앞에서 제브라 소드를 버렸다. 녹현이 캐릭터가 그 칼을 주우려는 순간, 누군지 모르는 캐릭터가 바람처럼 달려와 그 칼을 냉큼 주워 사라져버렸다.

"앗!"

동민이도 녹현이도 예상치 못한 일이었다.

동민이는 한마디로 칼을 도난당한 것이다.

그 칼은 자그마치 실거래가로 50만 원짜리. 게임 속에서는 삼 년 동안 제련해야 겨우 만들 수 있는 무기 아이템이었다. 사실 그 칼은 동민이 형의 칼이었다. 그러니까 동민이가 쓰는 이 캐릭터는 동민이의 것이 아니라 군대 간 친형이 키우는 캐릭터였다.

동민이는 자기 엄마를 대동하고 게임 회사에 찾아가 칼을 돌려달라고 울고불고 사정했다고 한다. 그러나 게임 회사에서는 그 칼을 보상해줄 수 없다는 원론적인 답만 했다.

이후 동민이는 녹현이를 갈궜다.

따지고 보면 녹현이 잘못도 아니었다. 누가 그렇게 칼을 훔쳐 갈 줄 알았나? 자기가 잘 떨어뜨려야지. 녹현이는 자기 잘못이 아니라고 맞섰지만 동민이의 갈굼을 피할 순 없었다.

"새끼, 내가 찾으려고 하면 다음 날 꼭 학교에 안 나와. 네가 요리조리 피하면 내가 아이고, 잘 피하셨습니다, 할 줄 알았냐? 새끼야!"

동민이는 녹현이의 볼을 더 높이 잡아당겼다.

동민이는 녹현이가 자기를 피하려고 육 개월 동안 학교에 나오지 않는 줄 알고 있었다. 사실 학교에 안 나가는 동안 이 자식들을 안 보는 건 좋았다.

"돌려줄게."

"언제? 새끼야."

"가능한 한 빨리."

"새끼야! 그거 나랑 우리 형이 삼 년 동안 키워서 만들 칼이야, 알아?"

"이달 안에 사 줄게. 그러니까 놓으라고. 볼 늘어나."

동민이는 볼을 놓았다.

"보름 주겠어. 돈 주고 사. 그래서 넘겨. 알았나?"

동민이의 제안에 녹현이는 고개를 끄덕였다.

"긴장해라!"

동민이는 손날치기로 녹현이 어깨, 옆구리 등 이곳저곳을 툭툭 건드리다가 패거리들을 몰고 사라졌다.

식판의 음식이 다 식어 있었다. 녹현이는 가까운 자리에 앉았다. 아침을 먹지 못해서 배가 고팠다. 돈가스를 나이프로 잘라 입에 넣으려는 순간 앞에서 소리가 났다.

"야!"

고개를 드니 맹순담이다.

'아, 이건 또 뭐냐.'

녹현이는 깊은 한숨을 내쉬었다. 순담이는 녹현이와 어린이집, 유치원, 초등학교까지 전부 함께 다닌 친구다.

"너 왜 내 전화 안 받았어?"

녹현이가 집에 있는 동안 순담이는 매일 메신저톡을 보냈다. 그때마다 녹현이는 순담이의 톡을 씹었다.

"너희 아빠, 집 나가셨지?"

순담이네 가족과 녹현이네 가족은 서로 친하다. 과거엔 엄마들끼리 함께 헬스장도 다녔다.

순담이는 자기 엄마에게 녹현이 가족 일을 들은 모양이었다. 순담이 부모님은 한 블록 떨어진 옆 아파트 상가에서 치킨 맥줏집을 운영하신다.

"아줌마 다이소에서 일하시더라."

녹현이는 대답하지 않았다.

한참 만에 순담이가 말했다.

"너⋯⋯."

순담이가 걱정스레 바라보는 걸 알고 있었지만 녹현이는 통조림 콩을 포크로 긁어 먹으며 쳐다보지도 않았다.

순담이는 다음 말을 하지 못했다.

뒷말은 안 해도 알 것 같았다. 엄마와 아빠가 이혼하는데 괜찮으냐는 물음이다.

맹순담은 입술을 잘근거리며 말했다.

"그래도 학교에는 매일 나와야지. 집에만 있으면⋯⋯."

"아, 진짜!"

녹현이는 수저를 놓았다. 웅성거리던 아이들 전부 녹현이와 순담이를 바라보았다.

"왜 그래? 왜 소릴 질러?"

"나한테 신경 꺼. 알았어? 네가 뭐라도 돼? 짜증 나네! 재수 없게."

저쪽에서 진혁이와 아이들이 낄낄대며 보고 있었다. 반대쪽에서는 동민이 패거리들이 이죽거리며 웃고 있었다. 동민이가 외쳤다.

"어이, 홍, 맹. 사랑싸움은 나가서 해라!"

녹현이는 식판을 들고 일어났다.

순담이를 뒤로하고 걸으면서 녹현이는 생각했다.

'좀 심하게 말했나. 에이, 몰라, 씨.'

순담이가 녹현이를 좋아하는지 아닌지는 알 수 없지만 분명한 건 녹현이에게 순담이는 어릴 적부터 친하고 좋은 친구였다. 맹순담은 녹현이를 제일 많이 걱정해주는 친구다. 녹현이는 지금 그런 순담이에게 화를 냈다.

순담이는 저쪽에서 멍하게 바라보기만 했다.

녹현이는 자기 성격이 왜 이렇게 날카로워졌는지 스스로도 의아했다.

어쩌면 화를 낼 편한 상대를 찾고 있었는지도 모른다고 생각했다.

집에 오니 지저분한 녹현이 방이 깨끗하게 치워져 있었
다. 식탁에는 엄마가 해놓은 반찬들이 유리통에 깨끗하게 놓
여 있었다. 학교에서 집에 오면 먹으라는 뜻이다.

치워진 방을 보니 녹현이는 또 화가 났다.

'씨, 내 방 들어오지 말라고 했는데!'

녹현이는 엄마가 해준 반찬과 밥을 먹지 않기로 하고 아
파트 앞 편의점에 갔다. 좋아하는 김치찌개 라면과 포도주스
를 사기 위해서였다.

늦여름 오후, 공기는 무거웠다.

습도 높은 날이 며칠간 지속되더니 새벽마다 비가 왔고
지금까지도 구름이 낮게 껴 있었다. 지나는 사람들이 흐느적
거리는 것처럼 보였다. 녹현이는 얼른 에어컨이 돌아가는 방
으로 들어가고 싶었다.

그런데 저쪽, 큰길에 서 있는 엄마가 보였다.

작은 손가방 하나만 들고 선 엄마는 깊은 생각에 잠겨 있었다. 낯빛도 구름이 잔뜩 낀 잿빛 하늘만큼 어두워 보였다.

엄마 앞에 택시가 섰다. 엄마는 택시 안으로 들어갔다. 엄마가 부른 택시 같았다. 택시는 어디론가 떠났다.

'지금 다이소에 있을 시간인데.'

녹현이에게 알 수 없는 불안감이 밀려왔다.

엄마는 좀처럼 택시를 타지 않는다. 이 시간에 엄마가 택시를 타고 갈 만한 곳이 어딜까.

갸웃했지만 날이 너무 더워 녹현이는 집으로 갔다. 라면을 먹고 샤워를 했다.

그날 저녁, 엄마는 여느 때처럼 아르바이트를 끝내고 오는 시간에 돌아왔다.

엄마는 녹현이가 입도 대지 않은 반찬들을 가만히 보고, 녹현이가 편의점에서 사 온 컵라면 용기들을 바라보았다. 또 일부러 다시 엉망으로 만든 녹현이의 방을 물끄러미 바라보았다. 아들이 여전히 반항하기로 한 것을 깨달은 엄마는 아무런 말을 하지 않았다.

다음 날도.

그다음 날도.

다음다음 날도 엄마는 녹현이를 외면했다.

녹현이는 사흘 동안 엄마와 아무 말도 하지 못했다.

저녁이면 엄마는 집에서 모니터를 보면서 무언가 타이핑하는 것에만 집중했다.

슬슬 불안해졌다.

'엄마가 며칠째 말을 안 거네, 쩝'

늘 사소한 일로 싸웠지만 엄마는 반나절도 안 되어서 먼저 말을 걸어오거나 아무렇지 않게 간식 등을 방에 넣어주곤 했었다.

엄마가 택시를 타고 어디론가 간 그날부터 엄마는 석고상처럼 표정이 굳어 있었다. 녹현이는 자기가 대든 것 때문이라고 생각했다. 아빠를 쫓아낸 것이 엄마 잘못이라는 말이 큰 상처를 준 모양이었다. '당신'이라고 말한 것도.

화해하고 싶었지만 먼저 말을 거는 게 쑥스러웠다. 이번에 화해하면 엄마 앞에서는 아빠 이야긴 꺼내지 말아야겠다고 다짐했는데…… 엄마가 도무지 말을 걸지 않는다.

며칠이 지났다.

침묵은 오래가고 있었다.

엄마는 녹현이의 방에 들어오지도 않았고, 섬유유연제 풍기는 빨래도 가져다두지 않았다. 그저 게임하다가 거실로 나가보면 혼자 불을 밝히고 노트북을 바라보며 무언가를 골똘히 생각하거나 눈을 감고 가만히 앉아 있는 차가운 옆모습만 보일 뿐이었다.

'사춘기는 엄마가 아니라 나잖아. 좀 삐딱한 소릴 했다고 저러는 건 뭐야, 씨. 어른이잖아. 며칠째냐고.'

학교 수업은 지루했다. 복도에서 만나는 순담이는 냉랭했고, 동민 패거리는 쉬는 시간마다 자리로 찾아와 툭툭 건드리고 갔다. 게임진따는 녹현이 앞에서 게임 이야기만 했다.

학교에서 녹현이는 얼른 집에 돌아가 어떻게 하면 엄마와 화해할지를 고민했다.

그날 저녁 녹현이는 거실로 나갔다.

엄마는 노트북을 펼쳐놓고 무언가를 열심히 타이핑하고 있었다.

"엄마."

엄마는 노트북에만 눈을 두고 녹현이의 말을 받았다.

"왜."

근 일주일 만에 나눈 엄마와의 대화.

"수학 문제집 좀 사 주세요."

"필요한 걸 골라서 장바구니에 넣어놔. 결제해놓을게."

"아니, 광화문에 가서 보고 살래요. 같이 가요."

녹현이는 광화문에 있는 대형 서점에 같이 가자고 말했다. 그것이 녹현이가 내내 생각한 묘수였다.

엄마는 책을 좋아한다. 그래서 아빠와 함께 살 때 세 식구는 늘 광화문의 서점에 나들이 갔다. 책도 사고 근처 레스토랑에서 스파게티도 먹고 현대미술관과 북촌, 서촌을 걸어 다니기도 했다. 그 시절은 지금 생각해도 참 행복한 시절이었지만 아빠가 집을 나간 후부터 그런 일은 없었다.

녹현이는 엄마한테 광화문에 가서 데이트하자고 말하면 엄마가 예전처럼 웃으며 받아주리라 생각했다.

"카드 충전해줄 테니까 네가 가서 사."

엄마는 거부했다.

"아니, 엄마. 문제집 사달라고 부탁하는데 왜 그런 식으로 말해요?"

그제야 엄마가 고개를 들었다.

"내가 뭘? 사지 말랬니? 네가 사면 되잖아."

엄마 눈에서 차가운 바람이 느껴진다.

"다른 엄마들은 전부 엄마가 문제집 사 줘요."

"다른 엄마들은 학원 선생들한테서 필요한 문제집을 지시받고 사는 거고, 너는 그럴 필요 없잖아. 스스로 공부할 줄 아니까 네가 보고 사면 되잖아."

'안 되겠다. 2단계로 들어가자.'

"아, 엄마가 사달라고요. 네에?"

녹현이는 태세를 전환해 졸라대는 소리를 냈다.

"엄마 지금 바쁘거든. 오늘 저녁에 끝낼 일이 많아. 그러니 방해하지 마."

엄마는 그렇게 말하고 노트북 화면을 진지하게 바라보았다.

말문이 막혔다.

"대체 밤마다 뭐 하시는 건데요?"

"……중요한 일. 내가 해야만 하는 일."

엄마는 녹현이에게 눈길을 주지 않고 냉랭하게 말했다.

"돈 벌어요? 밤에도?"

"몰라도 돼. 하지만 엄마 인생에서 중요한 일이야."

"저번에 아빠 이야기를 꺼낸 건 죄송해요. 그리고 말도 함부로 한 거, 잘못했어요."

3단계. 이 방법은 쓰기 싫었지만 어쩔 수 없었다.

'중학생이 어른을 이길 수 있겠어? 져야지.'

그런데도 엄마는 노트북에서 여전히 눈을 떼지 않았다. 한참 만에 엄마가 말했다.

"사과했으니 됐다."

"그러면 문제집 사러 같이 가는 거죠?"

엄마는 녹현이를 빤히 바라보았다.

눈빛에 차가움이 여전히 깃들어 있었다.

"혼자 사. 엄마는 바빠."

"아, 요즘 왜 그래요? 왜 엄마 감정만 중요한 거예요?"

"홍녹현."

"네?"

"지금부터 엄마 말 잘 들어."

엄마는 평소 같지 않은 눈으로 녹현이를 바라보았다. 그 눈에는 커다란 낯섦만 가득했다.

4

차가운 엄마의 목소리가 벽을 타고 흘러내렸다.

"나는 돈도 벌어야 하고 너를 공부시켜야 해. 그걸 혼자서 완벽하게 해내야 해. 그러려면 긴장해야 하고, 무엇보다 건강해야 해. 엄마는 스스로 다짐한 몇 가지를 준비하고 있어. 알겠니?"

"그게 뭔데요?"

"말하지 않을래. 네가 알 일도 아니고."

녹현이는 엄마가 예전의 엄마가 아닌 것 같았다.

엄마는 차갑게 말했다.

"그러니 문제집 사는 건 너 혼자 해. 네가 공부하기 어려워 하는 아이라면 도와주겠지만 너는 스스로 공부할 줄 아는 아이야. 그러니 칭얼거리지 마. 엄마도 이제 엄마가 중요하다고 생각하는 것에 집중하고 싶으니 사소한 건 스스로 알아서 하란 소리야. 그리고!"

엄마는 잠시 말을 끊었다.

"다시는 내 앞에서 아빠 이야기 하지 마. 엄마는 아빠를 용서할 생각이 없어. 야박하게 들리겠지만 너를 위해 아빠를 받아들일 생각 없다고."

"……네."

"엄마는 아빠와 너를 위해 희생하는 사람이 아니야. 엄마도 엄마 생각과 감정이 세상에서 가장 중요해. 알겠니?"

"……네."

반박할 여지가 없었다.

섭섭했지만 엄마 말이 틀리지 않았다.

"알아들었다면 지금 들어가서 하루 만에 다시 쌓인 네 방 잡동사니들을 치우고, 네 양말과 속옷들을 세탁 바구니에 넣어줄래? 그리고 청소기로 방을 밀어. 아직 7시밖에 안 되었으니 돌려도 아래윗집에서 뭐라 안 그러겠지. 그 후에 목욕탕에 들어가서 샤워해. 하루 한 번은 꼭 샤워해. 중학생 남자아이 몸에서 어떤 냄새가 나는지 너는 모르지?"

녹현이는 지긋이 입술을 깨물었다.

엄마와 대충 화해하려다가 더 단단해진 엄마를 확인하고 말았다.

엄마가 말했다.

"샤워 마치면 저녁 줄게. 스파게티랑 어제 사놓은 쇠고기를 구워 먹자."

방을 치우고 쌓아놓은 빨래를 베란다에 있는 세탁 바구니에 넣었다. 청소기를 밀고 침대를 정리했다. 마지막 샤워를 하려고 후드티를 벗다가 화가 났다. 낯선 엄마 목소리가 자꾸 귀에 맴돌았다. 길가에서 생판 모르는 아줌마한테 야단맞은 기분이었다.

'개짜증 나네, 씨. 그럼 계속 전쟁이지. 에라, 몰라. 게임이나 하자.'

녹현이는 반쯤 벗은 후드를 다시 입었다. 눈에는 도전의 빛이 담겨 있었다.

녹현이는 두 시간 동안 방에서 나오지 않았다.

샤워가 끝나면 저녁을 먹자던 엄마는 문을 두드리지 않았다. 아무래도 녹현이가 샤워하지 않고 방에 틀어박힌 것을 보고 엄마는 도로 화가 난 것 같았다.

"흥!"

녹현이는 엄마가 무슨 말을 하든 대꾸하지 않을 참이었다.

9시 30분.

띠롱.

스마트폰 게임 화면 액정 위로 간드러지는 소리를 내며 메시지가 떴다.

야, 지금 백곰공원으로 나와!

진혁이었다.

시계를 보니 녀석들이 학원 마치는 시간이다.

아파트 앞에는 마을 공원이 있었다. 예로부터 흰 곰이 나타났다는 전설이 있어서 그 공원에는 흰색 반달곰 동상이 있다. 그래서 사람들은 백곰공원이라고 부른다. 게임진따가 백곰공원에서 녹현이에게 나오라고 메신저톡을 보내고 있었다. 모여서 함께 게임을 하자는 것. 진혁이는 편의점에서 컵라면 네 개도 사놓았다고 말했다.

녹현이는 망설였지만, 엄마에게 반항하겠다는 의지를 보이기 위해 공원에 나가겠다고 답을 보냈다.

딱 기다려라. 나간다.

거실로 나왔다.

좀 이상했다. 늘 거실에 앉아 노트북으로 일을 하던 엄마가 보이지 않았다.

나간다고 말은 해야겠다고 생각했기에 엄마를 불렀다.

"나, 잠깐 나갔다 와요!"

거실은 조용했다.

그 순간 무겁고 뜨뜻한 공기가 훅 밀려왔다.

이 느낌은 엄마, 아빠랑 작년에 9박 10일간 유럽 여행을 갔다가 돌아왔을 때 느꼈던, 집 안에 공기가 고인 냄새 같은 텁텁함과 비슷했다.

저걱, 저걱.

어디선가 찰기 어린 소리가 들렸다.

팔팔, 팔팔.

또 물 끓는 소리도.

부엌에도 엄마는 없다. 가스레인지 위에 냄비가 올려져 있다. 물 끓는 소리는 거기서 났다. 물이 졸고 있는지 연기가 피어오른다. 달려가 가스 불을 껐다. 딱 봐도 한 시간 이상 물이 졸고 있었던 것 같다.

부엌에는 엄마가 썰어놓은 듯한 버섯과 채소가 도마에 그대로 있었다. 물 끓는 소리는 사라졌지만 저걱, 저걱거리는 찰기 어린 소리는 어디선가 계속 났다.

아빠가 일하던 방. 소리는 거기서 들리고 있었다.

끼이익.

녹현이가 아빠 서재의 문을 열었다. 엄마가 등을 보인 채 바닥에 앉아 있었다.

"거기서 뭐 하세요?"

저걱, 저걱.

"엄마?"

저걱, 저걱.

엄마는 돌아보지 않고 무언가를 먹고 있었다.

녹현이가 다가가 엄마 어깨에 손을 얹었다.

"어? 엄마?"

엄마는 비닐 팩에 있던 소고기를 입에 문 채였다.

엄마의 볼과 입에는 선홍색 피가 가득했다.

"그거, 생고기예요. 굽지도 않고 먹으면 어떡해요?"

엄마가 물고 있던 소고기를 떨어뜨렸다. 엄마의 벌어진 입술 사이로 보이는 긴 송곳니.

'어?'

엄마 동공이 점점 조여지더니 좁쌀만 한 붉은 점이 되었다.

엄마가 녹현이 쪽으로 완전히 상체를 돌렸다.

"캬아아아악!"

엄마는 녹현이에게 달려들었다.

아무래도 아들에게 들킨 것 같다.

다이소에서 일한 지 한 달 정도 되었지만 나는 여전히 서툴다.

아들은 물건을 고르다가 나를 본 것 같았다. 처음에는 그 아이인 줄 몰랐다. 너무 바빠서 허둥대다가 손을 베였고, 그때 그 아이와 눈이 마주쳤다.

월요일, 화요일에는 집 근처 꽃집에서, 수요일, 목요일, 금요일에는 다이소에서 일하면서 나는 동네 사람들과 종종 마주친다. 대부분 아들이 유치원, 초등학교 때 친했던 친구의 엄마들이다.

그들은 앞치마를 두르고 먼지를 덮어쓰며 일하는 나를 보면서 눈을 동그랗게 뜬다. 내가 환하게 웃어주면 같이 환하게 웃고는 나중에 커피나 한잔하자며 손을 흔들고 사라진다. 하지만 내 귀에는 그들이 속으로 하는 말이 전부 들린다.

'동네에서 파트타임으로 일하네?'

'녹현이 아빠가 돈 잘 버는 것 같던데.'

'남편이랑 사이가 안 좋다더니 그게 사실인가봐.'

'전직 승무원이라며 혼자 고고한 척하더니, 저 초라한 모습 좀 봐.'

나는 그들의 수군거림에 조금도 개의치 않는다. 이 낯선 하루하루가 홀로서기 위해 반드시 거쳐 가야 하는 시간이기 때문이다.

몇 달 전부터 남편과 이혼소송을 준비 중이다.

부부 사이에 신뢰가 무너진 것은 남편의 외도가 결정적이지만 나도 나의 인생을 만들고 싶은 마음이 더 컸다. 나는 이 기회에 남편에게 의지하는 인생을 살지 않기로 했다. 스스로 열심히 살면서 아이를 키우려고 한다.

아들의 양육권을 가지기 위해선 직장을 찾아야만 했다. 변호사는 내가 육 개월 이상 근무했다는 증명서가 있어야 유리하다고 말했다. 그래서 낮에는 꽃집과 다이소 두 곳에서 일하고 있다. 그것은 생활비를 충당하는 소중한 일이기도 하다.

고된 일이 끝나고 집에 오면 나는 비로소 진짜 미래를 준비한다. 그것은 삼 년 안에 전문 번역가가 되는 것이다. 지금부터 하나하나 쌓아가려고 한다. 주말마다 출판사를 운영하는 학교 선배에게 부탁해 번역거리를 가져와 작업하고 있다.

다만 괴로운 것은 일을 끝내고 집에 오면 몸이 마음처럼 따라

주지 않는다는 것이다.

내 몸은 예전과 다르다. 나는, 그게 가장 슬프다.

오늘도 정신이 없었다.

다이소에서 손을 베였고, 집에 와서는 장을 봐온 음식들을 채 정리하지도 못한 채 출판사 편집자와 화상회의를 했다. 회의가 끝나자 긴장이 풀렸는지, 아니면 몸 상태가 말썽을 부리는지 수마가 밀려왔다.

얼마만큼 잤을까?

눈을 뜨니 아들이 내려다보고 있었다.

아들은 원망 가득한 눈으로 나를 바라보고 있었다.

초저녁부터 저녁 준비도 하지 않은 채 잠들어 있는 엄마를 어떻게 생각할까? 아빠한테 자존심만 내세우는 무능한 사람으로 여기겠지? 녀석은 이제 나한테 '당신'이라는 표현까지 쓰며 적대감을 숨기지 않는다.

결혼하기 전 내 직업은 항공사 승무원이었다.

승무원은 이륙 전에 승객들에게 여러 주의 사항을 브리핑한다. 특히 기체가 흔들리거나 비상 상황을 맞닥뜨렸을 때 좌석의 머리 위에서 산소마스크가 저절로 내려오는 상황에 이렇게 방송한다.

'보호자와 성인이 먼저 산소마스크를 착용하고 그다음 노약자

가 산소마스크를 착용해야 합니다.'

손님들은 가볍게 듣고 넘기지만 우리 승무원들은 그게 무슨 뜻인지 안다. 내가 먼저 살아야 주변을 도울 수 있다는 뜻이다. 지금 내가 그렇다. 나는 이제 남편이 없으니까 나를 챙겨야 한다. 그래야 아들이 살아갈 수 있는 거다.

그립다. 녹현이가 어릴 때 까르르 웃으며 품에 안기던 그 귀여운 꼬마로 남아주길 바라는 건 내 욕심이겠지.

나는 생각한다.

세상에서 가장 소중한 아들도 지금은 잠시 거두어야 한다.

지금 나한테는 중요한 두 가지 문제가 있으니까.

바로 건강과 내 꿈.

그것들을 해결해야만 진정으로 아들을 다시 품에 안을 수 있다. 나한테는 아들이 전부다. 그 전부를 위해 지금은 내가 일어서야 한다.

엄마를 가두다

1

"으아악."

녹현이가 펄쩍 나가떨어지며 엄마를 밀었다. 엄마가 철퍼덕 주저앉았다. 엄마는 다리에 힘이 들어가지 않는지, 걸음마를 막 배운 아기처럼 자꾸 일어나려고 허우적거렸다.

녹현이는 목을 더듬었다. 다행히도 물리지 않았다.

두두두두.

결국 엄마는 두 팔과 두 다리를 움직여 지네처럼 바닥을 기어 달려왔다.

캬아악.

엄마는 태국 영화에서 본, 머리가 치렁치렁한 동남아 귀신 같은 모습이었다.

엄마가 노리는 표적은 녹현이의 다리였다.

"으아아 왜 이러세요?"

녹현이가 뒤로 물러서다가 무언가에 풀썩 미끄러졌다. 팩에 고여 있던 핏물 때문이었다.

엄마가 녹현이를 물려고 이리저리 턱을 쳐들고 치아를 딱딱거렸다.

"으악, 으악."

녹현이도 물리지 않으려고 다리를 요리조리 피했다. 녹현이는 저도 모르게 엄마 정수리를 팔꿈치로 찍었다.

"꽤애액."

엄마가 웅크릴 때 녹현이는 거실로 물러나 재빨리 방문을 닫았다.

덜컹, 덜컹, 덜컹. 손잡이가 흔들거렸다.

안에서 엄마가 문을 열려고 했다.

"으아아 엄마, 왜 이러는 거예요?"

"크우루루아악!"

문 너머 엄마는 올바르게 말을 구사하지 못했다. 엄마 입에서 나오는 소리는 게임 속 좀비처럼 괴상한 의성어였다.

문이 열리려다 닫히고 열리려다 닫히면서 힘겨루기가 반복되었다. 녹현이는 문이 열리지 않도록 있는 힘껏 잡아당겼다.

갑자기 안이 조용했다.

잠잠해지자 녹현이가 살포시 문을 열었다.

"엄마?"

"쿠엑."

엄마가 문틈으로 얼굴을 드러냈다.

엄마는, 아니 이상해진 엄마는 틈을 비집고 밖으로 나오려고 갖은 힘을 썼다.

녹현이는 틈이 더 벌어지지 않게 힘을 주면서 틈 사이에 낀 엄마 얼굴을 살폈다.

표정이 사람 같지 않았다. 벌린 입 안에는 수많은 돌기가 튀어나와 있었다. 혀가 뱀처럼 길쭉하고 지렁이처럼 꿈틀거렸다. 먹처럼 검고 호수처럼 맑던 엄마의 두 눈은 주사기로 약물을 주입한 것 같은 붉은색으로 가득했다.

녹현이는 본능적으로 엄마가 밖으로 나오면 안 된다고 생각했다.

손으로 엄마 이마를 밀었다.

"캬악, 캬악, 캬악."

엄마가 녹현이의 손을 여러 번 물려고 했다.

문틈을 벌리며 엄마는 이미 한쪽 어깨까지 내밀고 있었다. 그저 손바닥으로 이마를 밀어서 될 일이 아니다.

"엄마, 미안!"

녹현이가 검지와 중지로 엄마 두 눈을 꾹 찔렀다.

"꾸에엑."

엄마 얼굴이 문틈 안으로 사라졌다.

쾅.

문을 당겨 닫았다.

헉 헉, 헉 헉.

서재 방문은 안에서 당기는 구조였고 엄마가 나오지 못하도록 하려면 이렇게 밖에서 문손잡이를 계속 잡아당기고 있어야 했다. 안에서 문을 열려고 하면 맞당겨서 열리지 않도록 막아야 하는 것.

'계속 이렇게 손잡이를 잡고 있을 순 없는데.'

주변을 살폈다.

마침 소파 위에 흰색 줄이 보였다.

엄마가 아침에 세탁하려고 베란다 창문 걸이에서 커튼을 뜯으며 풀어둔 커튼 묶는 줄이다.

한 손을 뻗어 줄을 잡았다.

줄은 여러 겹으로 꼬여 매우 두꺼웠다. 그것으로 손잡이를 감고 힘주어 잡아당겨 식탁에 묶었다. 줄은 충분히 길었기에 식탁까지 팽팽하게 연결되었다. 녹현이가 줄에서 손을 놓았다.

덜컹, 덜컹, 덜컹.

안에서 문을 당겼지만, 손잡이와 연결된 줄 때문에 아무리 잡아당겨도 문은 열리지 않았다.

녹현이는 문틈으로 나오려던 엄마 얼굴을 떠올렸다. 엄마 얼굴은 어디서 많이 본 듯한 느낌이 들었다.

'서, 설마 좀비?'

게임진따랑 하는 그 게임에서 본 좀비? 뇌가 없고 절뚝절뚝, 비틀비틀하며 사람만 보면 대놓고 달려드는 그 좀비?

'으으, 그게 가능한 일이야?'

녹현이는 고개를 절레절레 흔들었다.

덜컹덜컹, 안에서 문을 때리는 소리를 등으로 받으며 녹현이는 침을 꿀꺽 삼켰다.

'119에 신고해야 하나?'

스마트폰을 집어 들었다.

그건 안 될 일이다. 엄마가 좀비라면 의사나 간호사들, 다른 환자들을 마구 물지도 모른다.

'그럼 외할머니한테 알릴까?'

외할머니는 녹현이네 아파트 바로 옆 단지에 사신다. 원래는 이 집에서 외할아버지와 지냈지만, 외할아버지가 돌아가신 후 이 집을 엄마 아빠한테 넘기고 따로 지내신다. 녹현이네 아파트와 할머니가 사는 아파트는 장미 덩굴이 뒤덮인 높다란 담장 하나를 두고 떨어져 있다.

'외할머니도 안 돼!'

엄마가 좀비가 되었다면 외할머니는 당장 119를 부르실 게 뻔했다.

녹현이는 이런저런 고민에 휩싸였다.

'근데 좀비를 데리고 있으면 법에 걸릴까? 신고하면 어디에 하지? 질병관리청? 아니면 국가안보상황실?'

녹현이는 스마트폰으로 검색란에 '좀비 신고'라고 입력했다.

놀랍게도 누군가가 질문란에 '좀비를 신고하고 싶어요'라고 써놓았다. 답변을 클릭했다.

'좀비를 신고할 때는 고객 센터에 전화해주세요. 불법 좀비가 당신의 캐릭터를 공격하면 그것은 바이러스로 의심되며, 게임 회사는 바이러스에 공격당한 캐릭터 복구에 책임이 없으며……'

엄마를 가두다

'우씨.'

게임 이야기다.

'내일쯤 되면 다시 정상으로 돌아오지 않을까?'

녹현이는 그렇게 되길 바랐다.

녹현이는 당분간 엄마를 서재에 가둬두기로 했다.

2

다음 날 녹현이는 학교에 가지 않았다.

엄마 스마트폰에 저장된 담임의 번호를 찾았다.

선생님, 안녕하세요. 녹현이 엄마예요. 아침부터 녹현이가 열이 많아요. 오전까지 있어보고 열이 내리면 학교에 보낼게요. 이러다가 심해지면 병원에 가야 할 것 같아요. 만약 그렇게 되면 오늘 하루는 집에서 쉬어야 할 것 같아서 문자 드려요.

아이고 그렇군요. 어제도 녹현이 표정이 좀 굳어 있었어요. 요즘 컨디션이 좀 안 좋은가봅니다. 그렇게 하세요. 대신 병원에 가면 진료 확인서를 꼭 보내주십시오. 녹현이가 푹 쉬고, 건강을 되찾기를 바랍니다.

엄마로 가장해서 담임선생님과 문자를 주고받은 녹현이

는 '꽃집 사장'이라고 적힌 이름과 '다이소 점장'이라는 이름
을 찾아 문자를 쳤다.

오늘부터 더러워서 일 안 나갑니다. 쏘리.

고민하다가 결국 '더러워서'라는 단어는 뺐다. 좀 구체적
이고 사정하는 투로 쓸 수도 있었지만 엄마에게 치근덕대는
꽃집 사장의 느끼한 웃음과 엄마 손에 상처가 나도 도와주지
않던 다이소 직원들의 모습이 떠올라 이 정도로 정했다.

방문 앞으로 가서 귀를 대보았다.

"엄마?"

조심스레 불러보았지만 아무런 대답이 없다.

묶어놓은 커튼 줄은 그대로였다. 엄마는 문을 열려고 시
도하지 않은 것 같았다. 그렇다고 섣불리 문을 열었다가 공격
당하면 큰일이다. 녹현이는 공격당하지 않고 안을 보는 방법
을 고민했다.

"그래, 셀카봉!"

셀카봉은 녹현이 방 책장 위에 먼지를 뒤집어쓴 채 놓여
있었다.

녹현이 초등학교 졸업 기념으로 아빠가 사 준 선물이지만, 정작 졸업식 땐 집에 두고 와 한 번도 사용하지 못한 물건이다.

셀카봉에 스마트폰을 끼우고 영상 녹화 버튼을 눌러보았다. 전원이 들어왔다.

녹현이는 감아둔 끈을 풀고 문틈을 10센티미터 정도 벌렸다. 그 사이로 스마트폰을 밀어 넣고 안을 촬영한 후 재빨리 스마트폰을 뺐냈다.

녹화된 영상을 확인했다. 화면은 어두웠지만 엄마의 몸 상태는 가늠할 수 있었다. 엄마는 책상 아래 들어가 웅크리고 있었다. 고개를 숙이고 두 무릎을 껴안고 앉아 있는 엄마의 모습은 어딘가 낙담한 듯 보였다.

'다시 정상으로 돌아왔나?'

그럴지도 모른다.

'들어가볼까.'

줄을 풀고 문을 열었다. 조심스레 들어갔다.

딸각.

불을 켰다. 엄마는 웅크리고 있었다. 녹현이는 들고 있는 쟁반을 엄마 앞으로 조용히 내밀었다. 쟁반 위에는 우유와 호밀빵이 있었다. 그러자 엄마 어깨가 조금 흔들리더니 숙인 머리 아래로 킁킁 냄새를 맡는 소리를 냈다.

그러고는,

"슈크아악."

다시 녹현이의 다리를 물려고 달려들었다.

"아, 씨!"

엄마는 똑같았다.

녹현이는 엉덩방아를 찧었고 뒤로 물러났다. 제멋대로 내지른 발에 엄마 턱이 정통으로 맞았다. 엄마가 물러났다. 밖으로 나온 녹현이는 다시 전선을 동여매고 식탁을 당겨 문을 막았다.

"헥헥헥, 죽을 뻔했다."

반사적으로 발차기가 나왔고 운 좋게 그게 먹혔다. 그래도 속으로 '엄마 미안' 하고 사과했다.

방으로 돌아온 녹현이는 해야 할 일들을 정리했다.

오후에 아파트 상가에 있는 병원에 가서 아프다고 하고 진료확인서를 받아 올 생각이었다. 그러면 한 이틀은 학교에 가지 않아도 될 것이다.

정수기로 가 물을 마셨다.

입을 닦으며 엄마가 혹시 목이 말라서 저러는 게 아닌가 하는 생각이 들었다.

'아냐, 배가 고파서 나를 물려고 하는 걸지도 몰라.'

냉장고에는 엄마가 요리하려던 소고기 팩이 하나 더 있었고 돼지고기 앞다릿살도 있었다. 냉동된 고기를 전자레인지에 해동했다. 물이 뚝뚝 흐르는 그것을 들고 또 고민했다.

'이걸 어떻게 방에 넣어주지?'

녹현이는 조심스레 줄을 풀고 손잡이를 잡고 침을 꿀꺽 삼켰다. 그런 다음 물이 든 그릇과 고기 팩을 방 안에 던지고 재빨리 문을 닫았다.

방문에 귀를 댔다.

비닐을 헤치는 소리가 나더니 우적, 우적, 엄마가 고기를 씹는 소리가 났다.

'역시 배가 고팠던 거네.'

기분이 좋아졌다.

그러자 이번에는 자기 배에서 꼬르륵 소리가 났다.

냉장고에는 엄마가 만들어둔 반찬, 토마토샐러드, 돼지고기주물럭, 달걀말이 등이 있었다. 밥솥에는 찰기가 촉촉해 보이는 뽀얀 쌀밥이 김을 풍기며 한가득 있었다. 녹현이는 밥솥을 닫고 보관실을 열어 컵우동을 꺼내 왔다.

문 건너에는 엄마가 저렇게 생고기를 물어뜯고 있는데 정갈한 반찬과 더운밥을 먹기가 미안했다. 녹현이는 끓는 물을 붓고 컵우동이 익을 동안 포도주스를 벌컥벌컥 마셨다. 면이 익자 녹현이는 허겁지겁 컵우동을 먹었다.

후루룩후루룩, 쩝쩝, 쩝쩝.

녹현이가 후루룩거리며 면발을 빨아들이는 소리와 방문 너머로 엄마가 고기를 씹는 소리가 교차로 들려왔다.

배가 부르자 녹현이는 가장 중요한 문제를 해결해야 했다.

문틈.

이래서는 매번 엄마한테 밥을 줄 수 없었다. 문틈으로 고기를 던져 넣을 때 엄마가 힘으로 밀고 나오면 영락없이 당할 수밖에 없었다.

방으로 가 노트를 꺼냈다.

몇 가지 생각을 스케치한 녹현이는 결국 하나의 대안을 선택했다.

베란다 창고에서 초롱이의 이동용 하우스를 꺼내 왔다.

초롱이는 녹현이가 태어났을 때 엄마의 선배인 출판사 사장 아줌마가 선물한 흰색 몰티즈였다. 십삼 년을 살다 재작년 봄에 녹현이와 엄마, 아빠가 지켜보는 가운데 무지개다리를 건넜다. 그때 녹현이는 정말이지 엉엉, 세상이 떠나갈 듯 울었다.

초롱이가 쓰던 이동용 하우스는 녹현이 가족이 여행을 갈 때 초롱이를 운반하던 캐리어였다. 둥근 아치형 철제 바구니에 앞문과 뒷문이 각각 열리는 구조다.

녹현이는 가위로 초롱이 하우스 겉면을 두른 천을 걷어냈다. 철제 뼈대만 남은 초롱이 하우스는 커다란 쥐덫같이 보였다. 뼈대만 남은 초롱이 하우스의 가로세로 길이를 재어 노트에 적었다.

가로 45센티미터, 세로 38센티미터.

베란다 구석에 둔 아빠의 공구 상자에서 가정용 톱을 꺼내 방문에 그어놓은 직사각형 형태대로 문을 썰기 시작했다.

아침이 되어서야 녹현이는 톱을 집어 던지고 욕실로 가서 몸을 씻었다. 새 옷으로 갈아입은 녹현이는 밤새 자기가 한 작업을 만족스레 바라보았다. 방문 하단에는 45*38 크기의 직사각형 통로가 뚫려 있고 그 공간에 초롱이 하우스가 딱 맞게 끼워져 있었다.

문에 못을 박고 철사로 동여매어서 초롱이 하우스가 흔들거리거나 빠지지 않도록 고정해놓았다.

꼭 개구멍 같아 보였다.

일명 엄마 밥 통로이다.

'나, 못하는 게 없잖아? 완전 로빈슨 크루소 같은데!'

얼굴을 낮추고 초롱이 하우스 너머를 살폈다.

어두운 방 안이 보였다. 푸르스름하게 핏줄이 터진 엄마의 종아리와 발등이 보였다. 엄마는 여전히 아빠 책상 아래에 웅크리고 있었다.

밥 통로로 호밀빵과 남은 고기들을 밀어 넣었다.

방 안으로 난 쪽의 입구를 열어놓고 거실 쪽 입구를 닫았다.

"자, 엄마한테 밥과 물을 넣어줄 때 사용할 통로는 완성했고!"

이제 엄마가 왜 좀비가 되었는지를 고민해야 했다.

'엄마는 왜 저런 모습으로 변한 걸까. 내가 모질게 아빠에 관해 불만을 터뜨려서일까? 요즘 부쩍 수척하게 변한 엄마의 눈빛도 이상해. 택시를 타기 전에 멍하게 서 있던 엄마 모습도 엄청 낯설었어. 엄마는 아빠 없이 스스로 살아가기 위해 안간힘을 쓰다가 되레 돌연변이를 일으킨 걸까? 아, 뭐가 뭔지 모르겠다.'

분명한 건 엄마가 좀비가 되었다는 거다.

좀비는 살아 있는 시체를 뜻한다.

서인도제도에 사는 제사장들이 죽은 시신을 살려냈다는 이야기에서 유래하는 단어다. 영화에서 좀비에게 물리면 멀쩡한 사람도 좀비가 된다.

흡혈귀에 물리면 흡혈귀가 되듯. 그러나 그것은 이야기일 뿐이다. 영화나 게임에서 나오는 이야기.

현실에서 죽은 사람이 되살아나는 일은 일어나지 않는다. 더군다나 살아 있는 사람이 좀비가 되다니? 엄마가 누구한테 물린 거란 말인가?

띠롱.

그때 메신저톡이 왔다.

게임진따 멤버가 보낸 메신저톡이었다.

야, 뭐 해. 빨리 들어와. 멤버 수가 모자라.

우울해한다고 지금 당장 꼬인 게 풀리지 않는다.

"아, 몰라. 머리 아파. 게임이나 한판 하자!"

녹현이는 오후까지 자기 방에서 게임을 했다.

3

녹현이는 화들짝 놀라 벌떡 일어났다.

띠로리로리로리.

밖에서 도어록 버튼을 누르는 소리가 들렸기 때문이다.

스마트폰 시계를 보니 6시였다. 저도 모르게 소파에서 잠이 든 모양이다. 거실은 어둑했고, 베란다 밖 앞 동에는 불들이 촘촘히 박혀 있었다. 족히 두 시간은 잔 것 같았다.

녹현이는 아차 싶었다.

'왜 할머니 생각을 못 했지?'

저렇게 집 비밀번호를 아는 사람은 옆 단지에 사는 외할머니뿐이다.

녹현이네 아파트 건너에 사는 할머니는 언제든지 집에 찾아올 수 있었다.

"뭔 집 안에 쿰쿰한 냄새가 나니? 쓰레기 안 버렸어?"

할머니가 현관에서 신발을 벗고 들어오시며 말했다. 손에는 커다란 냄비를 들고 있었다.

"어, 할머니 오셨어요?"

"집에 있었네? 집 안에 이게 무슨 냄새냐?"

할머니가 다짜고짜 물었다.

아무래도 서재에 있는 엄마의 고약한 냄새가 거실과 현관까지 나는 모양이었다.

"그, 그래요? 나는 안 나는데?"

"어디 있니?"

"네? 누구요?"

"네 엄마. 어제 내내 전화했는데 전화도 안 받더라. 엄마 어디 있니?"

"아, 엄마요. 엄마가 어디 갔냐면요…… 그, 그래, 엄마 오늘부터 야근이랬어요."

"야근? 어디?"

"다이소요."

"다이소에 야근이 있니?"

"물건 정리한다고 아침까지 일하신대요."

그러자 할머니의 표정이 어두워졌다.

"그렇게 몸을 혹사하면 안 되는데."

"야근하면 야근수당이 엄청 많다나? 아무튼 내일 온댔어
요."

외할머니는 냄비를 싱크대에 올려놓으며 중얼거렸다.

"밤에 다이소에 한번 가봐야겠네. 늦게까지 일하다가 쓰
러지면 어쩌려고."

"할머니, 그러지 마세요."

"왜?"

"일하는데 할머니가 찾아가면 엄마가 힘들 거예요."

"힘들 거라니?"

"그, 그게, 저도 저번에 다이소에 몰래 가서 봤는데요, 엄
마가 일이 서툴러서 직원들에게 야단맞고 그러더라고요. 물
론 일을 배우는 단계니까 당연한 건데, 좀 그렇잖아요. 가족
한테 그런 모습 보이는 게. 엄마가 다이소에 찾아오지 말라고
했어요."

그 말을 들은 외할머니의 표정이 더욱 굳어졌다.

"전화는 왜 안 받는 건데?"

"아, 엄마 전화 고장 나서 서비스 센터에 맡겼어요."

에라, 모르겠다 싶었다. 녹현이는 나오는 대로 줄줄 거짓
말을 했다. 뒷감당할 자신은 없었지만 그렇다고 진실을 말할

자신도 없었다.

　외할머니는 냄비를 가리키며 말했다.

　"이거 닭죽이다. 엄마 오면 먹으라고 해."

　"네."

　"꼭 먹으라고 해. 네 엄마 요즘 도통 못 먹지?"

　"그, 그런가?"

　사실 녹현이는 그동안 엄마가 뭘 드시는지 알지 못했다. 내내 방에만 틀어박혀 있었으니.

　"그럴 게다. 인삼 갈아 넣고 만든 닭죽이니까 먹으라고 해라. 너도 같이 먹고."

　할머니는 집 안을 둘러보았다.

　"어휴, 부엌 꼴이 왜 이 모양이야?"

　"헤헤 치울 거예요."

　할머니는 몹시 수상한 눈으로 거실을 둘러보다가 천천히 현관으로 돌아섰다. 할머니가 신발을 신는 모습에 녹현이는 속으로 휴 한숨을 내쉬었다.

　"아참!"

　문을 열고 나가려던 할머니가 뒤돌았다.

　"네?"

"나, 내일 제주도에 간다."

"제주도요? 댄스 동아리에서 가시는 거예요? 우아, 좋겠다. 따라가고 싶다아."

외할아버지가 돌아가시고 할머니는 당신 삶을 재미있게 살고 싶다고 입버릇처럼 말씀하셨다. 그래서 댄스도 배우고, 서예도 배우고, 등산도 하신다. 이번 여행도 댄스 동아리 할머니들과 함께 가는 모양이었다.

녹현이의 호들갑에 할머니는 투덜대듯 신발을 신었다.

"좋긴 뭐가 좋아. 엄마 오면 그렇게 말해. 할미 제주도 간다고."

"네."

할머니는 현관문을 열고 사라졌다.

"일단 할머니는 됐고."

부엌 옆 서재는 조용했다. 방문 앞으로 가서 귀를 대보았다. 안이 조용해서 셀카봉을 밀어 넣었다.

"어?"

화면에 엄마 다리가 보이지 않았다.

녹현이는 스마트폰을 장착한 셀카봉을 다시 밥 통로에 집어넣고 안을 휘젓다가 꺼내 촬영한 영상을 재차 살폈다.

"헉! 안 돼, 엄마!"

엄마는 엉뚱한 곳에 있었다. 영상 속에서 방 창문틀에 걸터앉은 엄마의 엉덩이가 보인 것이다.

정신없이 감은 줄을 풀고 문을 열었다.

창문을 어떻게 연 것인지 모르겠지만 엄마는 바람을 맞으면서 창틀에 앉아 있었다.

녹현이네 집은 16층이었다.

"그대로 있어요! 움직이지 마요!"

엄마는 송곳니를 드러내며 이쪽을 보고 묘한 미소를 짓고 있었다. 걸친 엉덩이를 움직이기만 하면 곧바로 실외기 난간에 떨어지고, 다리에 힘이 없는 엄마라면 금세 아래로 추락할 것이다. 엄마 엉덩이가 들썩였다. 녹현이가 몸을 날려 엄마의 덜미를 잡고 당겼다.

엄마의 흰 티셔츠 목둘레가 쭉 늘어났고 엄마는 방바닥에 그대로 꺼꾸러졌다. 녹현이도 바닥에 엉덩이를 찧었다.

엄마는 움직임이 없었다.

"엄마? 엄마!"

엄마는 늘어져 있었다. 엄마 코에 손을 대보았다.

씩씩거리는 숨소리.

'다행이다. 죽은 게 아니다.'

엄마 가슴이 규칙적으로 오르락내리락했다.

'기절한 거야!'

녹현이는 눈을 감고 있는 엄마 얼굴을 바라보았다. 좀비가 된 엄마를 처음으로 가까이에서 볼 수 있었다. 엄마는 이틀 새 많이 망가져 있었다. 얼굴과 목에 온통 보랏빛 멍이 들어 있고 그 속에 거미줄 같은 핏줄이 성성하게 돋아 있다. 볼과 턱은 홀쭉하게 말라 있다.

녹현이는 눈물 대신 화가 났다.

"우씨, 내가 꼭 정상으로 돌아오게 할게. 우씨."

엄마의 어깨가 조금씩 움직이기 시작했다. 깨어나려는 것같았다. 녹현이는 일어나 서둘러 창문을 닫고 잠금 밸브를 올렸다.

녹현이를 본 엄마는 "케아악" 이를 드러내며 또 지네처럼 기어와 발목을 물려고 했다. 엄마를 발로 찼다.

"케에엑."

엄마가 저쪽으로 처박혔다.

"엄마 또 미안!"

쾅.

문을 닫았다.

손잡이에 줄을 감고, 문을 가린 식탁 위에서 녹현이는 한숨을 쉬었다.

'대체 창문을 어떻게 열었지?'

아무리 엄마가 좀비라도, 그러니까 강력한 체력과 죽지 않는 불사의 몸을 가졌더라도 16층에서 뛰어내리면 몸이 성할 리 없었다.

'방에서 나가려고 시도한 것을 보면 엄마는 아직 손의 감각이나 이성이 남아 있을지도 몰라.'

나오면서 창문을 잠가두었지만 또 엄마가 고리를 풀고 열지도 몰랐다. 그 방을 완벽한 밀실로 만들어야 했다.

'그러려면 우선 보기만 해도 물어대는 엄마를 얌전하게 만들어야 하는데.'

아무리 생각해도 엄마를 얌전하게 만들어 묶어둘 방법이 떠오르지 않았다.

게임할 때를 떠올려보았다. 좀비 대처에 관해 떠오르는 게 별로 없었다.

'씨, 게임을 그렇게 했는데 하나도 도움이 안 되잖아.'

그러고 보면 게임이라는 것은 자극적으로 바쁘게 이동만

할 뿐 플레이어에게 조금도 생각할 거리를 주는 것 같진 않다.

'그래, 좀비 영화를 보는 거야!'

영화는 다를 것 같았다.

영화는 게임과 달리 디테일한 요소가 강하니까. 영화 속 주인공들이 좀비를 무력화할 방법들이 있을 거니까 그걸 메모하는 거야.

거실로 가서 티브이를 켰다.

'찬찬히 들여다보자고.'

접속하고 '좀비'라는 키워드를 입력했다. 청소년관람불가 딱지가 붙은 영화를 포함해서 많은 영화가 검색되었다. 좀비 영화의 고전이라는 설명이 붙은 「28일 후」를 보기로 했다.

세 시간 후,

쿨쿨, 쿨쿨.

녹현이는 소파에 드러누워 자고 있었다.

벽걸이 티브이에는 '「28일 후」 어떠셨나요? 별점 몇 개?' 라는 화면이 보였다. 영화는 한참 전에 끝나 있었다.

'언제 잠들었지?'

침을 닦으며 부스스 일어났다. 자괴감이 몰려왔다. 티브이에서는 광고가 흐르고 있었다.

몸살감기에는 케펜타플로! 감기, 몸살, 오한에 케펜타플로!

그 순간 스치는 하나의 생각!

"그래! 감기약!"

엄마는 감기약만 먹으면 막 태어난 강아지처럼 잠이 들곤 했다. 그래서 약국에 가서도 졸리게 만드는 성분이 든 약은 빼달라고 늘 부탁했다.

'엄마한테 감기약을 먹이면 엄마는 그대로 주무실 거야.'

녹현이는 엄마가 쓰던 침실로 갔다.

엄마는 상비약을 둔 약상자를 옷방에 두었다. 상자에는 모르는 약봉지가 엄청 많았다. 그런데 아무리 뒤져도 감기약 은 보이지 않았다.

녹현이는 흩어놓은 약들을 도로 상자에 넣고 일어났다.

"사 오자, 독한 걸로. 어차피 엄마 먹이, 아니 엄마 밥도 떨 어졌으니까."

4

동네에 약국은 네 군데가 있었다.

"엄마가 몸살이 심해요. 먹고 다음 날까지 푹, 아주 푸욱, 잘 수 있는 약으로 주세요. 아주 잠이 잘 오는 걸로다가요."

약국 네 곳에서 각기 다른 감기약 네 개를 샀다. 오는 길에 백곰공원 옆 백곰마트로 갔다. 녹현이와 엄마가 먹을 식량을 살 생각이었다.

"어라, 녹현이 너 학교 안 갔냐?"

정육 판매대에서 상철이 형이 칼을 갈며 말을 걸었다. 상철이 형은 녹현이가 초등학교 때 다니던 태권도 체육관의 외부 사범이기도 했다.

"저기, 고기 좀 주세요."

"구이로 먹을 거냐? 오늘은 한우 살치살이 좋은데."

상철이 형이 붉은 조명 아래 쌓인 고기 팩을 가리켰다.

"얼마예요?"

"가격표 붙어 있잖아. 200그램에 44,000원."

"비싸네."

"비싸지, 한우인데. 부담되면 미국산으로 사."

"피 있는 건 없어요?"

"피?"

"네, 피가 뚝뚝 떨어지는 고기."

상철이 형은 녹현이를 물끄러미 바라보았다.

"피는 뭐 하려고? 피 있으면 비려서 냄새나, 인마."

"피 있는 고기라야 해요."

상철이 형은 뭔가 생각하더니 갈던 칼을 내려놓았다.

"있어봐."

냉동실로 들어간 상철이 형은 얼마 후 비닐 팩에 밀봉한 쇠피를 가지고 왔다.

"……이거 선지인데."

검붉은 피다. 꼭 포도주스 같기도 하고.

'아참, 갈 때 포도주스도 사 가야겠다. 다 먹었는데.'

녹현이는 그렇게 생각하면서 고개를 끄덕였다.

"그 피, 전부 주세요."

"전부?"

"그냥 다 주세요. 얼마예요?"

"2만 원만 줘."

피는 샀고, 피를 발라줄 고기도 필요했다. 비싼 한우는 부담되고 미국산 쇠고기를 살지, 그것보다 더 싼 돼지고기를 살지 고민되었다.

"그리고…… 돼지고기가 싸요, 미국산 쇠고기가 싸요?"

"사람이 먹을 거냐?"

이번에는 녹현이가 상철이 형을 물끄러미 바라보았다.

'뭐야? 무슨 질문이 이래? 사람이 먹을 거냐니? 이 형이 설마 엄마가 좀비가 된 걸 알고 있나?'

뚱하게 상철이 형을 보고 있는데 상철이 형이 피식 웃었다. 자기가 생각해도 바보 같은 질문이라고 여긴 모양이었다.

"아 그게, 개나 고양이 사료로 줄 거라면 그런 거보다 잡고기를 주는 게 나아서 물어본 거다. 우리 가게에 잡고기 간 것도 있거든."

가만히 생각해보니 엄마한테 비싼 걸 먹일 필요가 없지 않을까 생각했다. 어차피 맛도 모를 텐데.

그러다가 생각을 바꾸었다. 엄마한테 좋지 않은 음식을 먹일 순 없었다.

"사료 아녜요. 사람이 먹을 거라고요."

상철이 형은 한돈 돼지고기를 싸게 주겠다며 사 가라고 했다.

"아니, 한우로 주세요."

"한우? 비싸다니까."

"살치살, 저거 주세요."

상철이 형이 붉은 조명 아래 놓인 살치살 팩 하나를 집어 들었다.

"전부요."

"저, 전부?"

상철이 형이 놀라며 눈을 껌뻑거렸다.

"네, 거기 있는 거, 다. 얼마예요?"

"408,200원인데, 40만 원만 내."

녹현이는 엄마 지갑에서 신용카드를 내밀었다.

'뭐, 돈이 문제야?'

엄마가 좀비일수록 가장 맛난 고기를 먹여야 할 것 같았다. 엄마가 자기를 못 알아보는 지금, 녹현이는 최선을 다하고 싶었다.

상철이 형은 고기를 썰면서 '체육관에 왜 안 오나?' '요즘 공부는 어떠냐?' 등의 질문을 했다. 한우를 전부 팔게 되어 기분이 좋은 모양이었다. 상철이 형은 서비스로 쇠고기 미니 양념 병이랑 천일염 소금을 가득 넣어주었다.

"야, 잠깐만."

상철이 형은 랩에 싼 커다란 우족을 꺼내 내밀었다. 우족은 시베리아에서 막 잘라낸 통나무만 했다.

"엄마 갖다 드려."

녹현이는 다시 화들짝 놀랐다.

'엄마 드리라고? 이 형이 뭘 아나?'

"저번에 너희 어머니, 우족을 한참 보고 가시더라. 너 곰탕 좋아한다고. 서비스로 주마."

"아, 무거워서 다 못 들고 가요."

"내가 캐리어 줄게. 다음에 마트에 올 때 돌려줘."

녹현이는 자기가 먹을 커다란 대용량 포도주스, 컵우동, 냉동 만두와 산업용 쓰레기봉투까지 사서 집으로 돌아왔다.

감기약을 전부 가루로 만들었다.

그 가루를 한우 살치살에 고루 발랐다. 후추랑 소금도 뿌려줄까 생각하다가 관뒀다. 그것을 랩으로 싸서 삼십 분쯤 냉장고에 재어두었다.

삼십 분쯤 지나 감기약이 충분히 스며든 살치살 한 덩어리에 선지를 발라서 초롱이 하우스에 넣었다.

방 안에서 우당탕탕, 소란스럽더니 게걸스레 쩝쩝대는 소리가 났다.

엄마가 먹는 소리였다.

녹현이는 방문에 기대앉았다. 엄마가 잠잠해지기를 기다리며 스마트폰으로 게임을 했다.

한 시간쯤 지나 녹현이는 방문에 귀를 대보았다.

드르렁거리는 소리가 났다.

녹현이는 베란다로 가서 예전에 아빠가 사회인 야구를 할 때 사용하던 야구 장비가 든 상자를 뒤적였다. 포수 마스크와 무릎 보호대, 상체 가드가 있었다. 그것을 전부 착용했다. 여차하면 사용할 수 있게 야구방망이도 들었다.

조심스레 방 안으로 들어갔다.

엄마는 대자로 누워 코를 골고 있었다.

엄마가 입고 있는 흰 티는 오물 때문에 거의 검은색으로 변했고 분홍색 피트니스 체육복도 원래의 색을 찾아볼 수 없을 만큼 더러웠다.

창문을 열었다.

엄마를 한쪽으로 밀어두고 방을 청소했다. 얼마 지나지 않아 거추장스러운 야구 장비들을 전부 벗어 던졌다. 엄마가 깨어나기 전에 서둘러 끝내야 했다. 안방에서 매트리스와 이불을 가지고 와 폈다.

녹현이는 자기 방으로 가서 창에 설치된 창문형 에어컨을 떼어내어 서재로 가져왔다. 그것을 창틀에 끼워두면 엄마가 더울 리도 없을 것이고, 창문으로 나갈 수도 없게 된다.

"됐다. 이러면 창문을 열 수 없겠지."

소란스러웠지만 엄마는 아기처럼 잠들어 있었다. 엄마를 욕실로 데리고 가서 씻기고 싶었다.

시계를 보니 벌써 한 시간 반이 지난 상태였다.

'그러다 깨면 큰일인데. 그냥 옷만 갈아입힐까?'

녹현이는 배를 오르락거리며 누워 있는 좀비 엄마를 가만히 바라보았다.

슬쩍 어깨를 만졌다.

동시에 엄마가 눈을 떴다.

엄마는 두 손을 바람처럼 올려 녹현이의 두 팔을 움켜잡았다. 그리고 벌떡 상체를 일으켰다.

마치 관 속에 누운 시신이 일어나는 것 같은 모양새.

엄마는 노리고 있었다는 듯 녹현이 이마를 박치기했다.

"으아악."

녹현이는 그만 정신을 잃고 말았다.

5

눈을 떴다.

시야에 처음 들어온 것은 자신을 내려다보고 있는 보라색 좀비 얼굴의 엄마였다.

"나, 물린 건가……?"

녹현이는 엄마 무릎에 머리를 대고 누워 있었다.

어릴 때 녹현이가 낮잠을 자려 들면 엄마는 녹현이 머리를 두 무릎에 올리고 재웠다. 엄마는 녹현이가 잠들 수 있게 이마를 쓰다듬으며 노래를 불러주곤 했다. 엄마가 불러주던 노래는 「섬집 아기」였다.

지금도 녹현이는 이 노래만 들으면 어린 자신을 내려다보던 엄마의 행복한 눈이 떠오른다.

지금 녹현이는 딱 그런 자세로 누워 있었다. 예전과 다른 점이 있다면 녹현이 키가 부쩍 자라 엄마 무릎베개가 작아졌다는 것과 엄마가 보라색 좀비가 되었다는 것뿐.

녹현이와 엄마는 눈을 마주하고 서로를 바라보았다.

엄마의 흰자위는 검붉은 피로 충혈되어 있었고 아미 주변으로 그 혈관 자국이 도드라져 있다. 엄마 입술도 며칠 새 검게 변했다.

주변보다 더 붉게 충혈된 눈, 좁쌀만큼 작아진 검은 동공, 벌린 입에 슬쩍슬쩍 보이는 긴 송곳니. 좁쌀처럼 작아진 엄마의 눈동자는 낯설었지만 이런 자세를 취한 걸 보니 예전 엄마로 돌아온 것 같았다.

"······어, 엄마."

엄마는 말없이 낯선 짐승의 눈으로 내려다보기만 했다.

'이렇게 좀비가 되었지만 아들의 향기를 잊지 않은 거야. 세상이 아무리 변해도 모성은 변하지 않는 거잖아. 그래, 엄마는 나를 해치지 않을 거야.'

녹현이는 확신했다.

자신을 내려다보고 있는 엄마를 향해 조용히 입술을 움직였다.

"저 기억나죠? 엄마 아들 녹현이예요."

엄마는 송곳니를 드러내지 않았다. 그저 그윽하게 녹현이를 바라보기만 했다.

안도감에 눈물이 났다.

어릴 때처럼 엄마 가슴에 얼굴을 묻고 싶었지만 냉정해지기로 했다. 녹현이는 치밀하게 머리를 굴렸다. 결정적인 한마디로 엄마를 완전히 정상으로 돌려야만 했다. 녹현이는 엄마한테 한 번도 해보지 못한 말을 중얼거렸다.

"……엄마, 사랑해."

그 말이 끝나기 무섭게,

"쿠에에에엑."

"으아악."

엄마, 아니 좀비는 입에서 녹색 진액을 흘리며 송곳니를 드러냈다.

'으아악!'

오산이었다.

녹현이는 어쩔 수 없었다.

"엄마, 미안!"

또 눈알 공격!

검지와 중지로 엄마 두 눈을 깊숙이 푹 찔렀다.

"케케켁."

같은 공격을 해도 또 여지없이 당하는 엄마는 역시 좀비

일 뿐이었다.

　엄마가 눈을 감싸며 얼굴을 돌릴 때 녹현이는 벌떡 일어났다.

　문을 닫고 나와 손잡이에 끈을 동여맸다.

　안에서 머리를 문에다 대고 쿵쿵 찧는 소리가 났다. 문 앞을 막아놓은 식탁 위에 올라앉은 녹현이는 한참 동안 멍하게 있었다.

　아까 보았던 엄마 눈을 생각하면서.

좀비가 된 엄마의 생각

'내가 지금 어떻게 된 거지?'

분명 자고 일어났는데, 집이 이상해졌다. 방문은 잠겨 있고, 내
방에는 피가 낭자하다. 피비린내 때문에 숨이 막힐 것 같다. 이상
해서 거울을 보니 얼굴이 완전히 달라졌다. 길쭉한 송곳니가 보
이고, 입도 커졌다. 눈동자도 달라졌다. 얼굴에도 멍이 있다. 몸
에서 썩어가는 시체 같은 냄새가 난다. 도대체 어떻게 된 것인지
가늠할 수 없다.

바깥에서 굳게 잠긴 방문 너머로 아들의 목소리가 들린다. 녹
현이는 어떻게 된 거지? 나처럼 이상해진 것일까? 얼른 나가서
우리 아들의 상태를 확인하고 싶은데 도저히 문을 열 수가 없다.
"녹현아, 괜찮니?" 하고 묻는데, 목소리가 내 마음처럼 나오지 않
는다. "크갸갸" 같은 나조차 이해할 수 없는 소리만 들린다. 녹현
이가 너무 걱정된다.

몸도 마음도 내 것 같지 않다. 점점 이상한 생각이 든다. 저 아

이의 목을 뜯어 피를 마시고 싶다. 너무 목이 마르고 배가 고프다. 저 아이를 먹으면 살 수 있을 것 같다.

이게 영화에서나 보았던 좀비라는 것일까? 녹현이가 좋아하던 넷플릭스 드라마가 뭐였더라. 그래, 모두가 좀비가 된 세상에서 학생들이 살아남는 내용이었지. 영화에서는 감염된 사람들이 완전히 좀비로 변하기까지 시간이 걸리던데 나도 그런 상황인 걸까?

머릿속에서는 어서 문을 열고 나가 피를 마시려는 충동과 아이를 해칠 수 없다는 생각이 계속해서 싸우고 있다.

머리가 깨질 것처럼 아프다.

제정신일 때 순담이 엄마한테라도 연락하고 싶은데, 내가 실수해서 순담이네 집에도 피해를 줄까 걱정된다. 지금은 남편에게 연락할 수도 없다. 이럴 줄 알았으면 녹현이랑 싸우지 말걸. 자식한테는 지는 게 이기는 건데. 어떻게 해야 할지 모르겠다.

바닥에 흩어진 피를 마시고 싶어진다. 진짜 좀비가 되어가나 보다. '녹현아, 엄마한테서 멀리 떨어져. 엄마는 너만큼은 좀비로 만들고 싶지 않아.'

아직 시간이 남아 있으니 녹현이에게 말을 해야 할 것 같다.

"녹현아, 집에 있지 말고 할머니 집에 가 있으렴. 혹여나 그전

에 엄마가 너에게 달려든다면 꼭 엄마를 죽여야 해. 너에게 달려
드는 사람은 그 순간 엄마가 아니야. 좀비야. 너는 결코 좀비가 되
면 안 돼! 좀비는 나 하나로 충분해.

　녹현아, 내가 이 상태에서 벗어나 너를 다시 볼 수 있을까? 엄
마는 녹현이를 정말 사랑해. 그 말을 꼭 전하고 싶어. 짧게나마
너의 엄마가 될 수 있어서 행복했어.”

엄마에게 안긴 아기

1

"어이, 아들!"

아빠는 전화를 받자마자 호탕하게 말했다.

"잘 지냈지? 엄마도 잘 있고?"

너무 아무렇지도 않은 목소리에 당황했다. 마치 오늘 아침에 출근해서 점심때 통화하는 것처럼 아빠는 쾌활했다.

녹현이는 떨리는 입술을 진정시키고 간신히 입을 뗐다.

"저기, 돈 좀 보내주세요."

"돈?"

"네."

"네가 필요한 거니? 아니면 엄마가 부탁한 거니?"

녹현이는 고민했다.

엄마 체크카드의 잔액이 떨어진 건 어제였다.

마트 계산대에서 녹현이는 하늘이 무너지는 소리를 들었다.

"학생, 이 카드, 잔액 부족인데? 다른 카드 없니?"

녹현이는 체크카드 말고 다른 카드는 없었다.

엄마가 돈을 얼마나 가졌는지, 또 있다고 해도 어디에 있는지 알지 못했다. 살다보면 세상에는 중3이 할 수 있는 일은 몇 개 없다.

엄마의 먹성은 상상을 초월했다. 녹현이는 매일 마트에서 몇 십만 원어치의 고기를 사야만 했다. 그렇게 열흘쯤 지나니 카드 사용이 불가해졌다.

"……엄마가 부탁했어요. 아빠한테 전화해보라고."

용돈이 필요하다고 말하면 아빠는 흔쾌히 돈을 보내주실 거지만 그건 십만 원 내외의 소액일 것이었다. 그 정도면 일주일도 못 가 또 돈이 모자라게 된다.

그래서 엄마 핑계를 댔다.

원래 아빠는 엄마에게 생활비를 줄 의무가 있었지만 엄마가 단호히 거절했다. 엄마 핑계를 대야만 아빠는 걱정과 의아함을 느끼면서 어른인 엄마가 쓸 만한 규모의 금액, 그러니까 당분간 생활할 수 있는 돈을 보내실 것 같았다.

수화기 저편의 아빠는 한동안 말이 없었다.

"보내주실 거죠?"

"알았다."

"얼마 보내실 건데요?"

"아빠가 알아서 보낼게. 우리 녹현이 공부는 잘하고 있지?"

"그만 끊을게요."

뚝, 녹현이는 전화를 끊었다.

아빠 목소리를 들으니 눈물이 넘쳐와 오래 말할 자신이 없었다.

아빠가 지금 어디 있는지, 누구와 사는지 궁금했지만 묻지 않았다. 아빠 목소리를 듣고 자신이 의지할 사람은 아빠뿐이라는 기분이 들었지만 단호하게 전화를 끊고 말았다.

아빠한테 말하면 안 된다.

엄마는 저런 모습을 아빠한테 보이고 싶지 않을 거니까.

엄마가 한 말이 떠올랐다.

"다시는 내 앞에서 아빠 이야기 하지 마. 엄마는 아빠를 용서할 생각이 없어. 야박하게 들리겠지만 아빠를 받아들일 생각 없다고."

엄마는 홀로서기를 천명했다.

그 자존심을 지켜주어야 한다고 생각했다.

띠롱.

그때 아빠에게서 문자가 왔다.

엄마 사진 하나랑 녹현이 네 사진 하나 보내줄래?

그리고 또 띠롱.

아빠 폰에 아들과 아내 사진 저장해둔 게 몇 장 없네. 뭐가 그리 바빴던 건지.

아빠는 모바일 야구 게임을 개발하는 회사의 대표였다. 늘 아빠는 바빴다. 그래서 밤늦게 들어오고 아침 일찍 나가셨다. 주말에도 아빠는 프로그래머들과 함께 밤을 새우며 회사를 운영했다.

아빠가 늦게 오는 날이면 엄마도 집에서 잠을 자지 못했다. 엄마는 혼자 책을 읽다가 새벽에 귀가하는 아빠를 맞이한 후 함께 잠들었다. 엄마는 아빠한테 진정으로 충실했다.

엄마의 헌신 때문일까, 아빠의 노력 때문일까. 아빠가 개발한 게임들은 곧 인기를 끌었다. 그리고 가계경제가 조금 피려고 할 때 아빠는 집을 떠났다.

녹현이는 아빠 문자를 보며 고민했다.

결국 답하지 않았다.

띠롱.

잠시 후, 아빠가 세 번째 문자를 보냈다.

사랑한다. 아들.

2

녹현이는 안방으로 갔다.

안방에는 예전에 엄마 아빠가 사용하던 욕실과 옷방이 딸려 있다. 깊숙한 옷방에는 옷 외에도 엄마와 아빠의 중요한 물건들이 켜켜이 보관되어 있었다.

'보내달라니 보내야겠지.'

엄마의 가장 아름다운 모습을 찍어서 보낼 생각이었다. 엄마처럼 예쁜 아내를 두고 다른 여자를 좋아한 것을 후회하도록.

결혼하기 전 엄마는 외국 항공사의 객실 승무원이었다. 그래서 엄마는 한국이 아닌 싱가포르에서 살았다.

대학을 졸업하고 일찌감치 승무원 생활을 하다가 대학교 선배였던 아빠와 결혼했다. 출판사 사장 아줌마가 대학교 축제 때 아빠를 소개해줬다고 한다.

엄마는 영어를 잘했다.

매년 치르는 평가시험 성적도 우수했다. 엄마가 다니는 회사에서는 엄마에게 좋은 직위와 살 집도 마련해주겠다고 제안했지만, 엄마는 아빠와 결혼하기 위해 직장을 그만두고 한국으로 돌아왔다. 그 이듬해 녹현이가 태어났다.

주부가 된 후부터 지금까지 엄마는 한 번도 싱가포르에 가지 않았다. 아니, 아빠와 녹현이를 뒷바라지하다보니 못 간 것이다. 엄마는 티브이 여행 프로그램에 싱가포르가 나오면 넋 놓고 한참을 바라보곤 했다. 싱가포르 음식과 거리가 그리운 듯했다.

옷방을 뒤지던 녹현이의 눈에 재미있는 것이 들어왔다. 예전에 엄마가 사용하던 투박한 2G 폴더폰이었다.

'오호, 이거 완전 골동품이네. 예전에 사람들은 이런 폰을 썼구나.'

액정이 무척 작았다. 숫자가 적힌 버튼이 전부였다. 전원 버튼을 한번 눌러봤다.

"어라?"

신기하게도 전원이 들어왔다.

흑백 액정에서 요란한 소리와 촌스러운 애니메이션이 흐르더니 '수신 불가'라는 메시지가 떴다.

저장공간을 확인했다. 놀랍게도 영상 파일이 몇 개 있었다. 파일 중 하나를 클릭했다.

화소가 낮은 액정에 화질 나쁜 영상이 흘렀다.

영상 속에는 환자복을 입고 코에 호스를 꽂은 외할아버지가 화면을 보고 있었다. 외할아버지가 누운 침대 옆에 외할머니도 얼굴을 내밀고 있다. 화면 밖에서 엄마 소리가 들린다.

— 아빠, 여길 보고 손 흔들어봐요.

— 야, 그만해라. 날 찍긴 왜 찍니?

— 손 흔들어보라니까요. 아빠, 여기 보시고 한마디 해요.

— 뭘?

— 딸아 사랑한다, 이렇게 말해줘요.

— 참 내.

(옆에서 외할머니 웃음소리)

엄마가 2G 폰으로 병원에 입원한 외할아버지를 찍은 영상이었다. 저장된 다른 파일도 전부 외할아버지 영상이었다.

녹현이는 외할아버지를 본 적이 없었다.

아니, 보았겠지만 기억이 없다. 외할아버지는 녹현이가 태어나고 일 년 뒤 암으로 돌아가셨다.

화질이 나빠서 자세히 볼 수 없었으나 외할아버지는 잘생긴 얼굴이었다. 이전까지 외할아버지 얼굴은 사진으로만 알고 있었다. 사진으로 본 외할아버지는 대머리에 근사한 콧수염을 기른 분이었다. 그러나 영상 속 할아버지는 콧수염이 없었다. 대신 코에 두 줄로 호스가 이어져 있다. 팔에도 호스를 꽂고 있었다.

할아버지 눈은 맑았고 부드럽게 웃고 있었다.

— 지은아, 사랑한다. 됐냐?

— 아빠, 병 이겨내실 수 있죠?

— 그럼.

— 아빠, 약속하는 거예요. 꼭 완치해서 건강해지기로.

— 그래, 약속한다.

— 파이팅 한 번 외치시고!

— 파이팅.

(옆에서 외할머니가 말한다. "그만 찍어. 아버지 힘드시다.")

— 아빠, 여기 보고 바이 바이 해야지.

외할아버지는 엄마가 시키는 대로 화면을 보며 손을 흔들어주었다. 그리고 찌지직, 화면이 끊겼다. 폴더폰을 있던 자리에 두었다.

엄마는 아무래도 할아버지가 돌아가실 것을 예상하고 외할아버지 모습을 영상으로 남긴 모양이었다.

'싱가포르 시절'이라는 제목이 붙은 엄마 사진첩을 펼쳤다. 엄마가 승무원으로 일할 때 기내에서 찍은 사진이 많았다.

조종실 안에서 기장으로 보이는 남자 두 명과 환하게 웃고 있는 사진, 승무원 자리에서 담요를 덮고 졸고 있는 사진, 또 엄마가 손님에게 음료 서비스하는 (누군가가 몰래 찍은 것 같은) 사진, 엄마가 개봉하지 않은 와인을 병째로 들고 마시는 흉내를 내는 사진 등이 있었다.

마지막 사진은 승객인 듯한 외국인 남자와 함께 팔짱을 끼고 브이 포즈를 취한 사진이었는데 뒷장에는 '브래드 피트와 함께'라고 쓰여 있다.

엄마 얼굴은 지금과 느낌이 아주 달랐다. 화사하고 생기가 넘쳤다.

아침마다 녹현이를 깨우던 화가 난 표정이 아니었다. 다이소에서 바코드를 찍던 모습도, 사전을 뒤적이며 머리를 긁적이던 모습도, 빨래를 건조대에 널고 멍하게 베란다에서 산을 바라보던 모습도 아니었다. 그리고 택시를 기다리며 서 있던 그 어두운 표정도 아니었다.

사진 속 엄마는 그야말로 싱그럽고 행복해 보였다.

"얜 뭐냐?"

녹현이는 그러다가 어떤 한 장을 발견했고 그 사진을 한참 동안 바라보았다. 승무원복을 입은 엄마가 작은 아기를 품에 안고 있었다.

짐작해보건대, 아기 엄마인 손님이 앉을 자리를 정리하는 동안 아기를 받아주는 엄마의 모습을 누군가가, 아무래도 엄마의 동료가, 놓치지 않고 찍은 게 분명하다.

날짜를 보니 2005년 6월 1일이었다. 녹현이가 태어나기삼 년 전이다.

문득 녹현이는 저 아기를 보며 엄마가 무슨 생각을 했을지가 궁금했다.

'신은 언젠가 나한테 이런 예쁜 아기를 주시겠지'라고 생각했을까? 아니면 '이런 아기가 생기면 나는 멋진 엄마가 될거야'라고 생각했을까?

그렇지 않으면 '아기를 잘 키울 수 있는 사람이면 좋겠다.

부모는 늘 위대해'라고 생각했을까?

그러다가 또 엄마가 한 말이 떠올랐다.

"엄마는 아빠와 너를 위해 희생하는 사람이 아니야. 엄마도 엄마 생각과 감정이 세상에서 가장 중요해. 알겠니?"

아기를 내려다보는 엄마의 옆모습이 마치 성모마리아처럼 보였다. 그 사진첩을 접고 또 다른 사진첩을 꺼냈다.

이번엔 엄마의 대학 시절 사진이었다.

지금과는 다른 조금은 촌스러운 패션을 하고 지금과는 다른 스타일의 화장을 한 엄마 얼굴이 많았다. 개나리꽃 아래 화단에 앉아 커피를 들고 있는 엄마 모습은 꼭 엄마가 아니라 낯선 누나 같아 보였다.

그다음 페이지를 넘기려 할 때였다.

무언가가 뚝 떨어졌다. 젊은 남자의 사진이었다.

'어? 아빠는 아닌 것 같은데?'

아무리 봐도 이 남자는 아빠가 아니다.

남자는 촌스러운 청 점퍼에 청바지를 입고 있었다. 머리는 중간 가르마를 한 앳된 얼굴이다. 카페 같은 어두운 공간에 앉아 오른손을 권총 모양을 해 턱에 갖다 대고 뽕폼을 잡고 있다.

그 남자 옆에 붉은 악마 티셔츠를 입고 립스틱을 진하게 칠한 앳된 모습의 엄마가 팔짱을 낀 채 웃고 있었다.

뒷장에 보니 '2002, 나의 사랑'이라는 글씨가 있었다.

'붉은 셔츠를 보니 2002년 월드컵 응원할 때인가보네.'

대수롭지 않게 있던 자리에 사진을 끼워 넣었다.

이번엔 '내 보물이 태어난 날'이라는 제목이 붙은 사진첩을 펼쳤다.

초음파 사진들이 첫 장부터 여러 페이지에 걸쳐 열댓 장 정도가 있었다.

다음 페이지에는 분만실에 누워 있는 엄마의 모습이다.

'이히, 아빠가 찍은 사진이네.'

환자복을 입고 누운 엄마는 얼굴에 허연 게 덕지덕지 붙은 아기를 안고 있었다. 엄마 팔목에는 피가 역류한 링거 호스가 이어져 있었다.

막 낳은 녹현이를 안고 찍은 엄마 사진이었다. 웃는 엄마 얼굴에는 눈물이 고여 있었다.

녹현이는 그 사진을 가만히 보았다.

엄마의 눈물 웃음.

그 눈에는 대학생 시절이나 승무원 시절의 사진들 속 웃는 모습과는 다른 웃음이 고여 있었다.

엄마는 진짜로 웃고 있었다.

사실 녹현이는 이 사진을 처음 보는 게 아니었다. 볼 때마다 엄마의 통통 부은 얼굴이 참 못생겼다고 생각했는데 오늘은 달랐다.

뒷장에는 엄마 글씨로 노랫말이 쓰여 있었다.

엄마가 섬 그늘에 굴 따러 가면

아기가 혼자 남아 집을 보다가

바다가 들려주는 자장노래에

팔 베고 스르르르 잠이 듭니다

'이 노래!'

이 노래는 녹현이의 유아 시절 엄마가 늘 불러주던 동요였다.

녹현이는 사진을 뒤집어 엄마 얼굴을 한참이나 바라보았다.

엉클어진 머리카락 아래 통통 붓고 땀에 번들거리는 광대

엄마에게 안긴 아기

를 내보이는 엄마 얼굴이 오늘따라 다르게 보였다.

녹현이는 스마트폰으로 사진 속 엄마를 찍었다.

그 사진을 아빠한테 전송했다.

아빠가 녹현이에게 보내려다가 실패한
장문의 스마트폰 문자 내용

녹현아.

녀석, 정말이지 넌 너무 똑똑해.

아빠를 울려서 기절시킬 참이었나보구나.

보내준 사진을 보고 얼마나 울었는지 모른다.

너와 네 엄마가 그리워 스마트폰을 들여다보는데, 사진첩 폴더에는 네 사진도, 엄마 사진도 없더구나. 내가 얼마나 너와 네 엄마에게 소홀했는지 이제야 알 것 같아.

그래서 너한테 엄마 사진 하나, 네 사진 하나를 보내달라고 부탁했었지. 사진을 요청하면서 나는 네가 어떤 사진을 보내줄지 기대했단다. 너라면 아마도 네가 생각하는 가장 기쁜 순간이 담겨 있는 사진을 보내줄 것 같았거든.

어떤 사진을 보내줄까?

우리 가족이 강릉에 갔을 때 셋이서 바닷가에서 환하게 웃던 사진을 보내줄까?(그 사진은 아빠의 니콘 카메라로 찍은 거라, 전

부 엄마 노트북으로 옮겨두어서 아빠 스마트폰에는 한 장도 담아두
지 못했단다.)

아니면 녹현이가 유치원 졸업할 때 찍은 사진을 보내줄까?(사
진 찍을 때 네가 늦게 일어나서 머리도 감지 않고 번개 머리를 하고
갔었잖아. 유치원에서 모란 선생님이 풍성하게 드라이해줘서 마치
호박을 뒤집어쓴 것 같은 사진이 되었지.)

그것도 아니면 승무원 시절, 저녁 먹으러 갔던 호텔 로비에서
전시하던 크리스마스 모형 기차를 보고 놀라는 엄마 모습을 찍은
사진을 보내줄까?(그때 웃던 엄마 사진을 아빠는 제일 좋아해. 그
때 입었던 엄마의 떡볶이 모양 단추가 달린 베이지색 코트를 지금
네가 입고 있잖아!)

아무튼 이런저런 생각을 하며 기대했단다.

그런데 맙소사, 너는 엄마와 네가 함께 있는 사진을 보내주었
구나. 땀에 전 엄마와 막 태어나 아직 눈도 못 뜬 너의 모습이 함
께 있는 사진을 말이다.

그래, 이 사진이야.

이게 바로 내가 원하던 사진이야.

녹현아, 이 세상 모든 부모는 말이지, 자식이 태어났던 날을 잊
을 수 없단다. 그날만은 세상 모든 게 환하게 보인단다. 그날을 떠

올리면 어떤 병도, 어떤 고통도, 어떤 아픔도, 시련도, 미련도, 슬픔도 잊게 된단다. 심지어 죽은 사람도 살아날지 몰라. 자식이 태어난 날을 떠올리는 건 실로 크나큰 행복이란다.

이 사진은 말이다, 네가 태어날 날 찍은 이 사진은, 아빠에겐 '무적의 부적'이 될 거야.

너와 엄마가 몹시 보고 싶구나.

녹현아, 아빠는 지금 무거운 죗값을 치르는 중이다. 그래서 보고 싶어도 찾아가지 못하고 이렇게 한탄만 하고 있다.

보고 싶다. 네 엄마도 아주 보고 싶다.

아빠가 엄마한테 잘못한 걸 빌고 싶지만 도무지 방법을 찾을 수가 없구나. 부탁 하나 들어주렴.

엄마에게 이 말을 전해다오.

아빠가 너무너무 사랑한…….

여기까지 쓴 홍동진 씨의 문자는 팟, 지워지고 말았다. 홍동진 씨의 스마트폰 배터리가 다 되어 꺼졌기 때문이다. 어제 밤새 게임 클라이언트 테스트를 한다고 자신의 스마트폰에 게임을 설치하고 지우기를 반복했는데, 그것 때문에 배터리 잔량이 3퍼센트였다. 그것도 모르고 녹현이에게 긴 문자를 쓰던 홍동진 씨였다.

아빠가 녹현이에게 보내려다가 실패한 장문의 스마트폰 문자 내용

사라진 엄마

1

짧고 밝게 번쩍거리는 빛에 눈을 떴다.

세차게 창문을 두드리는 소리, 밤새 내리는 폭우.

콰콰광.

천둥이 쳤다.

녹현이가 몸서리치며 몸을 말았다. 창밖은 간헐적으로 밝아지고 어두워졌다.

시계를 보니 새벽 3시였다.

녹현이는 부르르 몸을 떨었다. 갑자기 알 수 없는 불안감이 밀려왔다. 온몸이 땀으로 축축했다.

띠띠띠띠.

손목에 찬 시계에서 맥박수가 빠르다며 이상 신호를 보내고 있었다. 아빠가 두고 간 스마트워치를 차고 있는 이유는 혹시라도 엄마에게 물렸을 때 몸 상태를 확인하기 위해서다.

침대에서 일어났다.

거실로 나갔다.

부엌으로 들어가자 딸깍, 센서등이 자동으로 켜졌다. 갑자기 불이 들어와 놀랐지만 내내 환한 것보다는 오히려 이편이 나았다. 부엌은 고요했다. 정수기에서 물을 받아 한 컵을 달게 마셨다.

컵을 내려두고 서재 앞으로 갔다. 교도소 간수처럼 엄마 방에 귀를 대보았다.

조용했다.

'엄마도 자고 있겠지.'

화장실에서 소변을 보고 나온 녹현이는 자기 방으로 들어가려다 멈췄다. 아무리 고개를 저어도 알 수 없는 불안한 기분이 가시지 않았다. 돌아가 엄마를 가둔 방문에 귀를 대보았다. 여전히 조용하다.

똑똑.

문을 두드렸다.

보통 이렇게 문을 두드리면 안에서 "캬악" "쿠에에엑" 같은 소리가 나거나 엄마가 문에 달라붙어서 쿵쿵대는 짐승 소리를 냈다.

그러나 지금은 그렇지 않다.

'주무시나?'

새벽 3시니까 좀비도 잠을 잘 것이다.

녹현이의 움직임 때문일까, 딸깍, 저쪽 부엌 센서 등이 켜졌다. 가까이 가야 켜지는 센서 등이지만 어떨 땐 멀리서 움직여도 몸이 일으키는 바람에 반응한다.

허리를 숙이고 엄마 밥 통로를 열어 안을 들여다보았다.

딸깍, 센서 등이 또 켜졌다.

밥 통로로 보이는 안은 어둠에 싸여 컴컴했다. 스마트폰을 가지고 와 불을 비췄다.

엄마는 보이지 않았다.

'이상한데. 밥 통로를 열면 뭔가를 주는 줄 알고 엄마는 통로 근처에서 자신을 드러내곤 했는데?'

스마트폰을 셀카봉에 끼우고 밥 통로 안으로 밀어 넣으려는데 방문이 끼이익 저절로 열렸다.

"엥?"

방문이 열리다니.

살펴보니 방문 손잡이에 단단히 감아두었던 끈이 줄줄 늘어져 있었다.

녹현이는 기겁했다.

'으아아, 이게 왜 풀려 있지?'

서재에 불을 켰다.

맙소사, 엄마가 탈출했다!

심장이 마구 뛰었다. 막아둔 유리창은 그대로였다. 그렇다면 엄마, 아니 좀비는 아직 집 안에 있다!

딸깍.

부엌 센서 등이 또 켜졌다가 꺼졌다.

주황빛에 묻힐 듯 가물가물하게 퍼지던 사물들이 갑자기 사라진다. 밖에서 번개가 번뜩이고 사라진다.

조심스레 벽에 세워둔 야구방망이를 쥐어 들었다.

'어딘가 엄마가 나를 보고 있는 거야!'

딸깍, 센서등이 다시 켜졌다.

집 안 센서 등을 전부 껐다. 집 안은 어둠에 잠식되었다. 녹현이도 엄마를 인지할 수 없지만, 엄마도 이쪽을 인지하지 않게 하려면 불빛이 없어야 했다. 이건 게임에서 얻은 발상이었다. 액션 게임을 하다보면 불을 끄고 온 감각, 주로 소리와 바람의 흐름을 사용해서 어둠 속 몬스터를 처치해야 한다.

쉬익 — 쉬익 —

어딘가에서 거친 소리가 났다. 바람이 새는 소리 같기도 하고 들숨 같기도 하다. 거실 쪽이다. 분명 엄마 숨소리다.

간헐적으로 치는 천둥과 번개에 거실이 환해지다 어두워
졌다.

쉬익— 쉬익—

'아!'

야구방망이만으로 부족하다. 갑자기 몸을 보호할 방어구
가 있어야 한다고 생각했다. 일단 방으로 들어와 문을 잠갔
다. 무릎 보호대와 가슴 보호 장비를 착용하고 방망이를 들
었다. 목을 물리면 끝이기에 방한모로 목을 감쌌다. 녹현이는
문 앞에서 한참을 고민했다.

'그냥 나가지 말까.'

엄마한테 거실을 내주고 방에 있는 것은 스스로를 가둔
것이 된다. 이 집을 좀비에게 주어선 안 된다. 장악해야 한다.
집주인은 좀비가 아니라 녹현이 자신이어야 했다.

조심스레 문을 열었다. 거실은 그대로였다. 어둑하고 흐린
빛에 보이는 사물들. 어딘가에서 들려오는 바람 소리. 그곳은
거실 에어컨 뒤쪽이었다.

쉬익— 쉬익—

'에어컨 뒤에 숨어 있어!'

저 뒤에 있는 좀비 엄마를 제압하려면 우선 겁을 줘야 했다.

야구방망이를 세워 들고 바람 소리가 나는 곳으로 달려갔다.

이야압!

에어컨 앞에서 방망이를 휘둘렀다.

쾅!

에어컨 몸뚱이를 깨뜨린 녹현이는 에어컨 뒤쪽을 보기 위해 몸을 한 발짝 더 움직였다.

그런데!

에어컨 뒤에는 아무도 없었다.

쉬익— 쉬익—

다만 소리는 거기서 계속 나고 있었다. 바람 소리였다. 에어컨 뒤쪽 거실 창이 조금 열려 있었다. 그 틈으로 빗소리가 섞인 바람이 흐르는 소리가 마치 엄마의 숨소리처럼 들렸던 것. 문을 닫자 소리는 사라졌다. 그러니 거실은 완벽하게 조용해졌다.

'으아아, 그럼 엄만 대체 어디 있는 거야?'

불을 켰다.

거실에는 아무도 없었다. 안방에도, 다용도실에도, 욕실에도 엄마는, 아니 좀비는 없었다.

'서, 설마?'

녹현이는 현관으로 가보았다.

현관문이 활짝 열려 있었다. 도어스토퍼가 바닥에 걸린 채.

'으아아아, 달아났어!'

밖으로 나가려던 녹현이는 잠시 뭔가를 생각하고 부엌으로 들어와 얼른 냉장고를 열었다.

2

대찬 비가 내리고 있었다.

여름이었지만 새벽은 쌀쌀했다. 아빠의 캠핑 장비에서 꺼낸 판초를 덮어쓴 녹현이는 아파트 단지를 홀로 걸었다.

판초 안에는 야구 장비로 온몸을 감았고 방한모자까지 쓰고 있었다. 손에는 방망이도 들고 있었다.

폭우가 쏟아지는 아파트 단지에는 사람이 한 명도 없었다. 가로등 언저리로 무거운 빗방울이 뒤엉켜 꽂히는 게 보였다.

아파트 분수대와 테니스장을 살폈다. 자전거를 두는 보관대, 재활용 쓰레기장도 꼼꼼하게 살폈다. 포수 마스크 안으로 빗물이 줄줄 흘러 이마와 광대가 간지러웠지만 벗지 않았다.

그때! 수상한 소리가 났다.

바짝 긴장해 서 있다가 조심스레 소리가 나는 쪽으로 가서 플래시를 비췄다.

냐아옹.

세워둔 오토바이 아래에 검은 고양이가 웅크리고 있었다.

새끼였다.

"너, 샤미 아냐?"

이 새끼 고양이 이름이 샤미인 건 아파트 주민이라면 다 안다. 녀석은 어미를 찾고 있는지 달아날 생각을 하지 않았다. 고양이를 안았다. 고양이는 손바닥 안에 쏙 들어올 만큼 작았다.

"여기 있으면 위험해."

녹현이는 주차장 안으로 들어갔다. 사람들이 걸어 다니는 녹지, 아래쪽으로 조성된 주차장은 열린 공간이었다.

"여기에서 비를 좀 피하고 있어."

새끼 고양이를 내려두니 저쪽에서 고양이가 울어대는 날카로운 소리가 났다. 거기에는 새끼와 똑같은 검은 고양이가 있었다.

어미였다.

새끼는 꼬리를 뻗으며 그쪽으로 천천히 갔다.

"다행이다. 엄마를 만났네. 너희들 주차장 밖으로 나가지 마. 비가 와서도 그렇지만 엄마를 만나면 안 된다고!"

그런 말을 하자 서늘한 느낌이 들었다.

'엄마가 주차장 안에 있으면 어떡하지?'

그렇게 생각하니 더 불안해졌다. 좀비도 비는 싫어할 게 분명하니까.

그때 어디선가에서 손전등 빛이 녹현이의 얼굴을 비췄다.

"거기 누구야!"

저 앞, 빗속에서 검은 우산을 든 경비 아저씨가 손전등을 들고 있었다. 녹현이는 어두운 주차장 안에서, 경비 아저씨는 주차장 밖에서 비를 맞으며 대치하는 꼴이었다.

"누, 누구냐? 귀신이냐? 사람이냐?"

"사람이에요."

저벅저벅, 경비 아저씨가 이쪽으로 걸어왔다.

경비 아저씨는 녹현이 몸을 이리저리 비췄다.

"사, 사람이면 그 비옷 젖혀봐!"

아저씨가 날 선 소리를 냈다.

녹현이는 판초를 젖히고 몸을 보여주었다.

"헉!"

아저씨는 몇 걸음 더 물러났다.

놀랄 만도 하다. 살인마처럼 검은 판초를 뒤집어쓰고, 온몸에 야구 장비를 착용하고 방한모로 얼굴을 꽁꽁 감은 중학생이 비 오는 새벽에 혼자 아파트 단지를 돌아다니는데 그 누가 이상하다고 생각하지 않을까. 경비 아저씨는 몇 걸음 떨어진 거리를 유지하고 계속 손전등 불을 비췄다.

"사, 사람이 뭐 그래?"

"1603호에 살아요. 아이 참, 불 좀 치워주세요. 눈부시다고요."

그제야 아저씨가 손전등을 거두며 가까이 다가왔다.

"이게 뭐야? 이 밤에 왜 천을 덮어쓰고 있냐?"

"아, 그, 그게요."

녹현이는 또 머리를 굴렸다.

"아빠랑 내일 양평으로 캠핑 가는데요, 이 비옷이 새는지 안 새는지 테스트하는 중이에요."

엄마가 좀비가 된 후부터 부쩍 거짓말이 늘었다. 하지만 어쩔 수 없었다. 사실대로 말하면 엄마를 누가 지켜?

"캠핑? 테스트? 이 새벽에?"

"네, 새벽에 하는 테스트가 중요하죠. 내일도 비 온다고 하는데 밤에 비 오면 큰일이잖아요. 그러니까 지금이 딱이죠."

"안에 입은 그 해괴망측한 건 뭐냐? 갑옷이냐?"

"네? 안 들려요!"

녹현이는 빗소리 때문에 일부러 안 들리는 척했다.

"난 또 귀신인 줄 알았네. 암튼 얼른 마무리하고 들어가라."

"저기요, 아저씨. 혹시요……."

가려던 경비 아저씨가 돌아보았다.

"왜?"

"이 근처에 어떤 여자가 돌아다니는 걸 보지 않았어요?"

"여자? 어떤 여자?"

"그러니까…… 음…… 비 맞고 돌아다니는 아줌만데."

아 씨, 엄마를 어떻게 설명해야 하나.

"이 시간에 비 맞고 돌아다니면 미친 거지. 안 그래? 그런 사람 본 적 없다. 하긴 비 맞고 캠핑 테스트하는 너도 있으니, 쩝."

경비 아저씬 그렇게 말하고 가버렸다.

다행이다. 주차장 주변에는 없는 것 같았다.

녹현이는 백곰공원을 수색해보기로 했다. 녹현이가 사는 아파트와 붙어 있는 백곰공원에는 커다란 중앙 분수가 있고 그 옆에 꽤 넓은 정원이 있었다. 나무도 많고 화단에 꽃도 많다. 작은 공원만 한 크기로 인근 대학교 학생들이 사진을 찍으러 찾아오기도 하는 곳이다.

거기서 녹현이는 엄마를 찾아냈다.

엄마는 백곰공원의 화단 조경수 아래 서 있었다. 가로등 기둥에 이마를 쿵쿵 치면서 서 있는데 얼핏 보면 꼭 숨바꼭질 하는 술래 같아 보였다. 엄마가 입고 있는 흰 면티는 비에 젖 어서 되레 깨끗해진 것 같았다. 짧은 반바지에 드러난 다리가 추워 보였다.

"엄마."

쿵, 쿵, 쿵. 엄마는 머리를 기둥에 찧기만 했다.

조심스레 다시 불러보았다.

"괜찮아요?"

쿵, 쿵, 쿵.

방망이를 다잡았다.

'머리를 쳐서 기절시킨 후 끌고 올라갈까?'

엄마는 비를 맞으며 기둥처럼 서 있었다. 그냥 혼자 서서 잠이 든 것처럼 보인달까.

'제압하려면 지금이 딱인데.'

누가 보기 전에 얼른 이 위험한 엄마를 집으로 데리고 들 어가야만 했다.

방망이로 엄마 허리를 툭, 건드려보았다. 반응이 없다. 그저 가로등에 이마를 반복적으로 쿵쿵 치며 서 있을 뿐이다.

'손을 잡고 이끌면 따라올까? 그러다가 물리면?'

녹현이는 그러다가 좋은 생각을 떠올렸다. 녹현이는 바지 주머니에 꽂아둔 스마트폰을 꺼내 바탕화면에 있는 스트리밍 음원 사이트 앱을 켰다. 그러고는 즐겨찾기 해둔 「섬집 아기」를 틀었다.

엄마가 섬 그늘에 굴 따러 가면
아기가 혼자 남아 집을 보다가

빗소리 사이로 「섬집 아기」가 흐르자 기둥에 이마를 쿵쿵 받아대던 엄마가 움직임을 뚝 멈췄다. 엄마는 한참을 멍하게 있었다.

바다가 들려주는 자장노래에
팔 베고 스르르르 잠이 듭니다

녹현이는 꿀꺽, 침을 한 번 삼켰다.

사라진 엄마

스마트폰을 엄마 귀 가까이에 댔다. 동시에 물이 뚝뚝 떨어지는 엄마 손을 조심스레 잡았다. 군데군데 멍들고 보라색 혈관이 흉하게 비치는 피부였지만 막상 잡으니 부드러웠다. 손끝을 잡고 살짝 이끌었다. 엄마가 한 발 움직였다.

'좋아, 따라오고 있어.'

녹현이는 한 발짝 더 움직였다. 이끌린 엄마도 움직였다.

"그래요. 이런 식으로 가요, 집으로."

조금씩 걸었다.

녹현이와 엄마는 손을 잡은 채 앞뒤로 서서 천천히 움직이고 있었다. 녹현이는 백곰공원에서 아파트 앞까지 엄마를 이끌고 왔다.

"여기 계단 앞이에요. 어두워요. 조심해요."

그때!

번쩍!

세상이 갑자기 환해지다가 어두워졌다.

뒤이어 콰콰쾅 천둥이 일었다. 하늘에서 벌어지는 강력한 변동에 엄마는 우뚝 섰다.

"가요. 어서!"

엄마를 당겼지만 엄마 손에서 힘이 느껴졌다. 딸려오지

않으려는 힘. 돌아보았다. 엄마는 장대 같은 비를 맞으며 멈춰 선 채 녹현이를 가만히 바라보고 있었다.

좁쌀처럼 좁아진 동공으로.

"가, 가자니까요, 엄마."

다시 번개가 치고 이어서 천둥이 울렸다.

콰과광!

녹현이는 직감했다. 조용히 손을 놓았다. 그리고 들고 있는 스마트폰 액정을 열어 「섬집 아기」를 껐다.

음악이 사라지자 빗소리와 식식거리는 엄마의 거친 숨소리가 들려왔다. 엄마는 녹현이의 목을 노리고 있었다. 분명 천둥 번개가 엄마를 자극한 것이다.

"에이 씨."

달렸다.

뒤에서 엄마가 달려왔다.

엘리베이터는 8층에 있었다. 녹현이는 아파트 계단으로 방향을 잡았다.

1층, 2층, 3층.

헉, 헉, 헉.

4층, 5층.

엄마도 정신없이 따라왔다. 엄마는 전혀 지치는 기색이
없는 듯 착착착 다리를 움직인다.

8층, 9층.

헉…… 헉…….

녹현이 집은 16층이다.

10층, 헉…… 헉…… 헉…….

11층, 헉헉…… 헉헉…… 헉헉…….

'으아아, 뭐가 이렇게 멀어.'

녹현이는 판초를 벗어 던졌다. 포수 마스크는 이미 3층쯤
에서 버린 지 오래다. 죽을힘을 다해 계단을 올랐다. 아래에
서 따라오는 엄마는 발소리조차 내지 않고 빠르게 움직이고
있었다. 색색대는 짐승 같은 숨소리만 울렸다.

드디어 16층.

다급하게 현관 도어록을 눌렀다.

삐삐삐삐 띠로리로리로리로리.

도어록에서 비밀번호가 잘못되었다는 소리가 났다.

"이 씨."

뒤돌아보았다. 계단 바로 아래에서 엄마의 정수리가 보였
다. 15층을 지나 16층으로 올라오고 있었다.

'으아아아 제발, 제발.'

녹현이는 떨리는 마음을 다잡으며 비밀번호를 다시 눌렀다.

삐삐삐삐 띠로록.

현관문이 열렸다.

뒤돌아보았다. 16층으로 올라오는 엄마.

녹현이는 일부러 현관 아래 박힌 도어스토퍼를 걸고 문을 활짝 열어둔 채 안으로 들어갔다. 엄마가 집 안으로 들어올 수 있도록.

녹현이는 부랴부랴 서재 방문을 활짝 열었다.

엄마가 녹현이의 목을 노리며 달려오다가 순간, 방 안의 무언가를 보더니 녹현이를 지나 곧장 방으로 들어갔다.

고기를 보고 돌진하는 사자같이.

그물에 걸리지 않는 바람같이.

녹현이를 무는 것보다 더 좋은 것이 안에 있다는 것을 확인한 듯이.

그건 사실이었다.

방 안, 아빠 책상 위에는 붉은 피가 가득 담긴 대야가 있었다. 대야에 가득 고인 피를 본 엄마는 녹현이를 물 생각을 바꾸고 그곳으로 돌진한 것이다.

사라진 엄마

엄마가 방으로 들어가자 녹현이는 문을 닫고 끈을 손잡이에 감아 벽에 박아둔 못에 이어 감았다. 그리고 식탁을 끌고 와 문 앞을 막았다.

방문은 다시 단단하게 닫혔다.

안에서 엄마의 괴성이 울렸다. 괴성은 뭔가 예상이 잘못되어 억울하다는 것처럼 처절했다. 녹현이는 식탁 위에 올라가 한숨을 쉬었다.

'후후 속여서 미안해요, 엄마.'

녹현이는 인터넷에서 좀비가 후각보다 시각에 더 민감하다는 것을 알았다. 그래서 엄마를 찾으러 나가기 전에 서재에 엄마가 좋아할 피를 갖다놓았다.

하지만 그것은 피가 아니었다. 피로 보일 뿐이었다.

대야에 가득 든 붉은 액체는 포도주스였으니까.

고양이 샤미의 시선

내 이름은 '샤미'.

샤미라는 이름은 302동에 사는 캣맘 아줌마가 붙여준 이름이야. 아파트에 사는 초등학교 3학년인 인하, 주원이, 하연이, 신비가 학원에서 올 때마다 쪼그리고 앉아 "샤미야, 샤미야" 하고 부르기 시작하면서 동네 아이들한테도, 아파트 주민들한테도, 경비 아저씨한테도 내 이름이 알려지게 되었지.

나와 엄마가 사는 곳은 아파트 주민들이 월요일마다 재활용 쓰레기를 모으는 장소인 주차장 입구 왼쪽의 공터야. 정확하게 말하자면 거기 큰 나무 옆, 캣맘 아줌마가 만들어준 택배 상자 아래지.

원래 엄마는 나 말고도 세 마리를 더 낳았어.

그중 큰언니는 다리를 절었는데 우리를 돌봐주던 캣맘 아줌마가 데리고 갔어. 둘째 오빠는 경비 아저씨를 좋아해서 노인정과 경비실에서 살고 있지. 내 동생은 안타깝게도 인근 마트 옆에 사는 검은 고양이 흑칠이 무리에게 물려 죽었어. 나는 울 엄마 옆에 남은 유일한 자식이야.

자정부터 초가을 폭우가 내리던 밤이었어.

내가 박스 안에서 눈을 떴을 때 엄마가 없더라고. 엄마가 안 보이자 덜컥 겁이 난 나는 여기저기 둘러봤는데, 정말 엄마가 없는 거야. 나와 엄마는 이 아파트에서 살고 있지만 모든 사람이 캣맘 아줌마 같진 않아. 우리를 싫어하는 사람도 많으니까.

난 누가 엄마를 멀리 데리고 간 건 아닌지 불안해졌어. 엄마는 어디를 갈 때마다 항상 나를 데리고 다녔거든. 이렇게 나를 혼자 두고 사라진 적은 없어.

나는 화단 밖으로 나왔어.

총알처럼 쏟아지는 비에 털이 짝 달라붙을 만큼 젖었지만 차갑다거나, 빗줄기가 따갑다거나 느낄 새도 없었어. 엄마가 나쁜 사람들 손에 잡혔을 수도 있으니까. 고양이를 괴롭히는 걸 좋아하는 사람들이 생각보다 많거든. 얼른 엄마를 찾아야 했어.

여기저기 돌아다니는데 비가 와서 사람들이 다 집 안에 있어서 그런지 거리는 텅 빈 듯 조용했어.

내가 엄마를 부르며 힘껏 울어댔지만 콘크리트 땅에 파편처럼 퍼지는 빗소리에 그 울음이 가뭇없이 먹혀버렸어.

그때 내 코에 누군가의 발이 닿았어. 올려다봤는데 긴 머리를 늘어뜨린 인간 여자였어. 얼굴을 보니 조금 알 것 같더라고. 엄마와 내가 보이면 다정하게 대해주시던 아줌마가 분명했어. 그 아줌마한테는 아들이 있었는데, 걘 엄마와 내가 있으면 무심하게 지나가는 편이야.(길고양이 생활을 오래 하다보면 우리를 괴롭히지 않고 그냥 지나가주는 사람이 고맙게 느껴지지.) 그런데 아줌마 눈이 좀 이상했어. 아니, 눈뿐만 아니라 얼굴이 전부. 퍼지는 가로등의 주황빛이 그녀를 차가운 동상처럼 보이게 했지.

　　냐아옹.

　　내가 울자 그 아줌마는 한 손으로 나를 잡았어.

　　난 너무 무서워서 몸을 떨었어. 빠져나가려고 했지만 결국 그 아줌마 손바닥 위에 올라앉게 됐지.

　　그 아줌마는 나를 높게 쳐들고 입을 벌렸어. 그러자 한 번도 본 적 없던 길고 날카로운 송곳니가 보였어.

　　아줌마가 나를 자신의 입으로 천천히 내리는데, 맙소사, 나를 먹으려는 것 같았어. 야옹 소리를 내보았지만 소용없었어. 곧 아줌마 입으로 떨어지기 직전이었어.

　　그때!

　　냐아옹!

고양이 샤미의 시선

저쪽에서 나를 부르는 소리가 들렸어. 우리 엄마였어! 드디어 엄마가 나를 찾은 거야. 우리 엄마가 이제 나를 구해줄 거야!

그 아줌마는 고개를 돌려 울고 있는 우리 엄마를 바라봤어. 엄마는 한 번 더 날카롭게 울었지.

우리 엄마는 그 아줌마한테 나를 돌려달라고 외치고 있었어. 엄마의 외침을 알아들었는지 모르겠지만 그 아줌마는 나를 입에 넣지 않고 그저 무표정하게 노려보기만 하더라고.

나는 괜찮다고 엄마를 안심시키고 싶었어. 그래서 냐아옹, 하고 말했어.

그때 나를 쥔 아줌마 표정이 달라졌어. 아까처럼 좁쌀 같은 눈이 아니라 평범한 인간의 눈으로 변하더라고.

이 아줌마가 우리 엄마와 나의 이야기를 알아들은 걸까?

아니면 아줌마의 그 무뚝뚝한 아들이 떠올라서일까?

아줌마는 엄마와 나를 번갈아 보더니 따뜻하게 웃었어.

아주 짧은 순간이었지만 말이야.

그것도 잠시, 아줌마는 다시 송곳니를 드러내고 무섭고 차가운 얼굴로 변하더니 나를 화단 쪽으로 던졌어.

다행히 푹신한 화단이어서 안 다치고 착지할 수 있었어. 엄마가 내 쪽으로 빠르게 다가왔어. 드디어! 드디어! 엄마를 만난 거야.

그런데 저쪽에 또 다른 그림자가 서렸어.

엄마와 나는 몸을 한껏 움츠렸지.

비옷을 입고 빗속을 돌아다니는 남학생이었어.

엄마, 엄마 하고 외치며 주변을 돌아다니는데, 딱 보니까 아까 봤던 아줌마 아들 같았어.

걔도 나처럼 엄마를 찾는 듯했어.

내가 여기저기 돌아다니다 엄마를 만난 것처럼, 빨리 엄마를 찾으면 좋겠어. 오늘, 정말 짧은 시간 동안 엄마와 떨어졌을 뿐인데 너무 힘들었거든. 그나저나 아줌마의 얼굴이 예전과 다르던데 무슨 일이 있었나봐.

1

딩동댕, 딩동댕.

식탁에 앉아서 컵우동을 먹던 녹현이는 초인종 소리에 마네킹처럼 몸이 움직이지 않았다.

'누구지? 올 사람이 없는데.'

살금살금 현관으로 가 외시경을 바라보았다. 밖에 서 있는 사람을 본 녹현이는 긴 한숨을 내쉬었다. 문을 열자 순담이가 뾰로통한 얼굴로 녹현이를 노려보았다. 교복 치마 안에 체육복, 라이언 그림이 박힌 삼선 슬리퍼, 커다란 펭수가 달랑거리는 가방을 메고 있는 걸 보니 순담이는 분명 학교에서 곧장 이리로 온 게 틀림없다.

"뭐냐?"

순담이는 대답하는 대신 노려보기만 했다.

녹현이는 꿀꺽 침을 삼켰다.

순담이는 녹현이를 보고 이마에서부터 눈, 입술, 턱, 목, 가슴으로 훑듯 눈길을 내리더니 녹현이 배꼽 언저리에서 시선을 멈췄다.

순담이가 아래쪽을 가리키며 말했다.

"지퍼 열렸다."

"앗."

녹현이는 얼른 고개를 숙이고 바지의 지퍼 부분을 살폈다.

"어?"

지퍼는 안전하게 잘 채워져 있었다. 그러자 들리는 순담이 목소리.

"인사 잘한다."

"뭐, 뭐야?"

순담이는 이미 집 안으로 들어간 후였다.

"야, 들어가면 안 돼!"

"아줌마, 저 왔어요!"

순담이의 애교 섞인 목소리가 집에 쩌렁쩌렁 울렸다.

맹순담은 신발을 벗으려다가 갑자기 "우에엑" 하더니 코를 막고 녹현이를 돌아보았다.

"잉겡 무승 냄생야?(이게 무슨 냄새야?)"

"왜?"

그래, 혼자가 아니었어, 난

"얼릉 창뭉 열영, 엉룽!(얼른 창문 열어, 얼른!)"

녹현이가 쭈뼛거리자 순담이가 소파를 넘고 달려가 거실 창을 열었다. 그리고 코를 밖에 내밀고 숨을 몰아쉬었다.

"후우, 야! 집에 이게 무슨 냄새야? 곰 잡아서 삶고 있냐?"

"그, 그렇게 냄새가 나? 나는 모르겠는데."

외할머니도 이런 반응이었다. 내내 집에 있는 녹현이는 집 안에 고인 냄새가 이렇게 지독한 줄 모르고 있었다.

"집에서 혼자 뭐 하고 있는 거야? 학교엔 왜 안 나와? 며칠 나오는 걸로 땡이야?"

"야, 나 바쁘니까 가주라."

맹순담 눈이 주변을 살피기 시작했다.

순담이의 눈이 서재 방문 앞에서 멈췄다. 방 손잡이에는 철사로 이어진 끈이 50센티미터쯤 이어져 있고 그 끈은 벽에 칭칭 감겨 있었다. 방문 아래쪽에 있는 초롱이 하우스에도 석쇠와 철사로 얼기설기 만든 문이 달려 있다. 전부 녹현이가 개조한 것이었다.

"저, 저게 다 뭐야?"

"그, 그게……."

녹현이는 잠시 고민했지만 빨리 결론을 내렸다.

혼자 감당하다 지친 탓도 있지만 아빠 말고 지금 자기를 도와줄 존재는 순담이뿐라고 생각했다. 녹현이는 성큼성큼 다가가 순담이의 팔목을 잡았다.

"이리로 와봐."

"뇌. 왜 이래. 으악."

순담이는 녹현이가 갑자기 다가와 팔을 붙잡자 기겁했다. 순담이가 녹현이의 뺨을 찰싹 때렸다.

"나한테 뭔 짓을 하려고! 엉큼하게!"

"아, 그게 아니고 보여줄 게 있다고."

녹현이는 순담이를 끌고 서재 앞으로 갔다. 식탁 아래 초롱이 하우스 입구를 열고 안을 보게 했다.

"뭔데? 안에 뭐가 있는데?"

"잔말 말고 자세히 봐봐."

순담이는 코를 막고 그 안을 바라보았다.

"어두워서 안 보여."

녹현이는 셀카봉에 카메라를 장착하고 방 안을 찍었다.

"이 영상을 봐."

영상 속 엄마는 아빠 책상 위로 올라가 등을 보인 채 벽을 마구 긁어대고 있었다.

그래, 혼자가 아니었어. 난

영상을 본 순담이는 입을 틀어막았다.

"으아악, 이건 뭐야?"

순담이 소리에 엄마가 득달같이 달려와 통로에 코를 대고 쿵쿵대며 괴성을 질렀다.

"카사리야카악!"

"방 안에 누가 있는 거야?"

녹현이는 자초지종을 말했다.

엄마와 싸운 후 거실에 나와보니 엄마가 좀비가 되었고 녹현이는 그때부터 엄마를 가두고 이렇게 지내고 있다는 것까지.

순담이는 가만히 이야기를 들으면서 녹현이 눈을 바라보고 있었다. 순담이는 이전과 달리 매우 진지한 표정이었다. 놀람과 걱정의 빛을 가득 담은 눈동자는 그간 녹현이의 고생을 빠짐없이 어루만져주겠다는 듯 이리저리 움직이는 것 같았다. 이야기를 다 들은 순담이는 이렇게 한마디 내뱉었다.

"이게 어디서 뻥을!"

"으아, 진짜라니까!"

"대체 안에 뭐가 있는 거야? 비켜봐."

순담이가 막무가내로 문을 열려고 했다. 녹현이가 가로막 있다.

"안 된다고. 물린다고."

"저리 안 가? 이 집에 들어찬 고약한 냄새가 전부 여기서 나네. 아줌마가 아시면 어쩌려고."

순담이가 스마트폰을 켠 손으로 서재 방문을 반쯤 열었다.

그러자 안에서 엄마가 팔을 내밀더니 순담이를 덥석, 잡았다. 정확히는 순담이가 쥐고 있는 스마트폰을 덧잡은 것.

"악."

문틈으로 순담이 팔이 빨려 들어갔다. 순담이가 팔을 빼내려고 했지만 엄마 힘이 더 셌다.

"야! 야! 나, 뭔가에게 잡혔어! 안에서 내 폰을 뺏으려고 해."

"쥐고 있는 폰을 놔!"

"안 돼. 한 달 전에 산 아이폰이란 말이야!"

녹현이는 문을 닫으려고 밀어댔고 팔이 문에 낀 순담이는 비명을 질러댔다.

"아파. 내 팔! 으아아!"

녹현이가 스마트폰을 꺼내 「섬집 아기」를 틀었다. 그러자 안에서 엄마는 순담이 손을 놓았다.

그래, 혼자가 아니었어. 난

"헉, 헉, 헉."

"괜찮냐?"

"네 눈에 이게 괜찮게 보여?"

순담이의 손목에 검은 자국이 선명했다.

"그러게 왜 문을 열고 그래? 엄마가 문다니까."

순담이가 이번에는 진짜로 놀란 눈동자를 이리저리 움직였다.

"어, 엄마? 그, 그럼 저 안에 있는 게…… 진짜 아줌마라고?"

"응."

"아줌마가 조, 좀비가 된 거라고?"

"응, 좀비. 진짜."

"이 음악은 뭐야?"

녹현이는 스마트폰에서 「섬집 아기」를 껐다.

"이걸 틀면 날뛰던 엄마가 잠잠해져."

"왜?"

"몰라. 아무튼 이 음악이 엄마한테 먹혀."

"아저씨는?"

녹현이가 고개를 저었다.

"바보야, 전화해서 당장 오시라 그래야지!"

"안 돼. 아빠한테 엄마의 저런 모습을 보일 순 없어. 엄마 자존심도 생각해야지."

"야! 지금 자존심이 문제야?"

"암튼 안 돼!"

순담이는 멍하게 녹현이를 바라보았다.

"너 어쩌려고 그래?"

순담이가 그 말을 하자 녹현이는 그간 홀로 견뎠던 의지가 눈처럼 무너졌다.

주르륵, 녹현이는 벽에 등을 기대며 쪼그리고 앉았다. 누구랑 이야기하는 것도, 누군가와 함께 집에 있는 것도 오랜만이었다. 그래서 사실 순담이가 와줘서 너무 반가웠다.

며칠간 굳게 다잡고 있던 마음이 녹인 떡처럼 풀어지며 순담이한테 기대고 싶어졌다.

"순담아, 엄마가 다시 원래대로 돌아올까? 나, 어떻게 해야 할지 모르겠다. 이제 돈도 없어서 마트도 못 가."

"엥? 엄마 지갑에 카드 있을 거 아냐?"

"체크카드가 막혔어."

"아저씨한테 부탁해. 돈 달라고!"

그래, 혼자가 아니었어, 난

"보내달라고 말했는데 아빠가 다른 통장으로 돈을 보냈나 봐."

아빠와 통화 후 엄마 스마트폰으로 알림이 왔다. 입금 알림이었다. 그러나 녹현이는 엄마 스마트폰의 잠금 패턴을 몰랐기에 스마트폰을 열 수 없었다.

녹현이가 가지고 있는 체크카드가 여전히 잔액 부족인 걸 보니 아무래도 아빠는 이 체크카드와 연계된 통장이 아닌 다른 통장으로 돈을 보낸 것 같았다.

아빠한테 전화해서 돈을 다시 보내달라고 하면 아빠는 분명 보이스 피싱이나 사기를 의심하실 게 분명했기에 녹현이는 더는 연락하지 않았다.

순담이는 식탁 위에 쌓인 컵우동 그릇들을 바라보았다.

"여태 저런 걸 먹고 지냈냐?"

녹현이는 고개를 끄덕였다.

무엇보다 엄마가 걱정이었다. 엄마는 하루에 엄청난 양을 먹어대는데 그걸 어떻게 감당할 수 있을지.

"걱정하지 마!"

순담이가 쾌활하게 말했다.

"걱정하지 말라니?"

"내가 매일 치킨 두 마리씩 튀겨 올게. 됐지?"

"아."

순담이 부모님은 두 블록쯤 떨어진 주상복합 상가에서 큰 치킨 가게를 운영한다.

"치킨 두 마리로는 간에 기별도 안 갈걸."

"그렇게 많이 먹니? 좀비가?"

"음, 엄청나. 저 냉장고에 생고기랑 선지를 가득 채웠었는데 이틀을 못 갔어."

녹현이가 찾아본 인터넷 정보에 따르면 좀비가 다량의 고기와 피를 먹지 않으면 안 된다고 설명되어 있었다. 그렇지 않으면 좀비는 인간보다 더 빠른 속도로 약해진다는 것. 특히 각기병이 심하게 올 수 있다고 나와 있었다.

좀비의 신체는 면역력이 약해서 영향을 섭취하지 못하면 감염률도 높고 병에 취약하다. 인간이 먹는 밥 한 공기를 기준으로 좀비는 피를 머금은 생육 1,500그램 정도가 매일 필요하다는 것이다.

"두 마리까진 내가 어찌해볼 수 있는데……. 맞다! 그렇게 하면 다섯 마리까진 가능하겠네."

순담이는 뭔가를 생각해내고 손뼉을 쳤다.

"다섯 마리? 어떻게?"

"손님이 남긴 치킨을 모아야지, 뭐."

"우리 엄마한테 남이 먹던 치킨을 먹인다고?"

순담이가 버럭 화를 냈다.

"야, 정신 차려. 지금 저 안에 있는 존재는 엄마가 아니라 좀비야. 일단 배를 채우게 하는 게 중요하지. 좀비 건강부터, 아니 아줌마 건강부터 챙겨야 할 거 아냐. 각기병에 걸리면 어떡해?"

'하긴 그렇다.'

"그러면 있지, 순담아."

"왜?"

"치킨 두 마리는 생닭으로 안 될까."

"알았어. 두 마리는 생닭으로, 세 마리는 손님들이 남긴 것으로. 됐지?"

순담이는 배달 앱으로 볶음밥과 탕수육을 시켜주고 학원에 갈 시간이 되었다며 현관으로 갔다. 슬리퍼를 신은 순담이는 녹현이를 삐쭉 노려보았다.

"너, 나한테 고마워해야 한다."

솔직히 고마웠다. 하지만 고맙다는 말은 하지 않았다.

"그리고 너,"

순담이는 그 말에 이어 말을 보탰다.

"내일부터 학교에 나와라. 급식이라도 먹어야 할 거 아니!"

"알았어."

그래, 혼자가 아니었어, 난

2

방에서 나온 엄마는 부엌 싱크대 앞에 멍하게 서 있었다.

부엌 창으로 들어온 햇살이 엄마 이마를 비추었다. 멍든 것 같은 보라색 이마가 푸르스름하게 보였다.

방어구를 착용한 녹현이가 엄마를 마주 보고 서 있었다. 식탁 위에 올려놓은 스마트폰에는 「섬집 아기」 음악이 흐르고 있다.

한 시간 전, 녹현이는 엄마를 방에서 나오게 했다.

이렇게 하기까지 많은 고민이 있었다.

어두운 방에 며칠씩 가두는 것이 엄마 건강에 좋지 않겠다는 생각이 먼저였고, 두 번째는 「섬집 아기」 음악이 얼마나 엄마를 잠잠하게 하는지 확인하고 싶었다. 그리고 마지막으로 엄마가 집 안 곳곳을 돌아다니면 혹시 예전의 모습으로 돌아오지 않을까 하는 생각이 들었기 때문이다. 물론 현관 밖으로 나가지 못하도록 현관의 잠금장치는 단단히 해놓았다.

'물리지만 않으면 돼, 내가.'

녹현이는 그렇게 생각했다.

밖으로 나온 엄마는 예상대로 잠잠했다. 물려고 하지도 않았고 마구 날뛰거나 짐승처럼 네 발로 걷지도 않았다. 그게 「섬집 아기」 음악 때문인지, 예전에 생활하던 자취가 집 안에 고여 있어 그 기억이 떠올라서인지는 알 수 없었다.

엄마는 그저 독한 감기약을 먹은 사람처럼 멍하게 서 있었다. 거실 창으로 쏟아지는 햇살을 받으며.

'음악이 가장 효과가 있는 것 같고, 그다음은 엄마가 가진 기억들이 떠올라서일 거야. 그리고 빛도 중요한 것 같다.'

시각, 청각, 후각은 기억을 장악하는 법이다. 엄마가 보는 집 안의 광경, 엄마가 듣는 「섬집 아기」의 선율, 엄마가 맡는 집 안 냄새가 예전 본능을 조금씩 일깨우는 것 같았다.

녹현이는 조심스레 준비해 온 끈을 꺼냈다.

엄마 두 다리에 끈을 묶었다.

걸을 순 있어도 달릴 수 없을 정도의 길이. 마치 오래전 유럽인이 아프리카 사람들을 노예로 끌고 올 때 사용한 방식처럼 잔혹하게 엄마를 다루는 것 같아 찝찝했지만 혹 탈출하면 타인이 위험해지기에 어쩔 수 없었다.

그래, 혼자가 아니었어, 난

녹현이가 웅크리고 앉아 끈을 묶을 때도 엄마는 가만히 있었다.

다 묶고 엄마를 올려다보았다.

서 있는 엄마는 가만히 녹현이를 내려다보고 있었다.

"움직이는 데는 불편하지 않을 거예요."

녹현이는 일어나 엄마를 마주 보았다. 용기 내어 엉클어진 머리를 쓸어보았다. 슬그머니 벌어진 엄마 송곳니 사이로 침이 슬슬 흘러내렸다. 녹현이는 장갑 낀 손으로 침을 닦아주었다. 이렇게 보면 엄마는 아기 같기도 하고, 좀비 같기도 하고, 그냥 엄마 같기도 했다. 녹현이는 눈물이 났다.

조금 더 용기를 냈다.

엄마를 살포시 안았다.

가슴에 착용한 포수 장비와 포수 마스크 때문에 꼭 밀착되지 않았지만 그 상태라도 좋았다. 희한하게도 엄마에게서 어릴 때 맡았던 그 포근한 냄새가 났다. 「섬집 아기」 음악이 흘러서 그런 것일지도 몰랐다.

엄마를 안고 등을 토닥거렸다. 엄마는 아무것도 모른 채 식식거리며 저쪽, 벽 쪽만 멍하게 바라보고 있었다.

"내가 원래대로 꼭 되돌려놓을게요. 그러니 힘내요, 엄마."

녹현이는 눈을 꼭 감았다.

이후 두 사람, 아니 한 사람과 한 좀비는 같은 공간에서 생활했다.

엄마는 주로 부엌에 머물러 있었다. 거기가 마치 자신의 공간인 것처럼. 아닌 게 아니라 좀비가 되기 전에도 엄마는 거의 부엌에서 지내는 시간이 많았다.

엄마는 냉장고 앞 서늘한 구석에 웅크리고 있거나 식탁 위에 올라앉아 있었다. 녹현이는 방 밖으로 나올 때 반드시 장비를 착용했다.

밤에는 무슨 일이 벌어질지 모르기에 엄마 손을 잡고 서재로 데리고 가 책상에 엄마 팔을 묶었다.

순담이는 약속대로 오후에 치킨을 가지고 찾아왔다. 엄마는 「섬집 아기」 음악을 들으면서 싱크대 옆에 쪼그리고 앉아 생닭을 맛나게 뜯었다. 녹현이와 순담이는 무언가를 먹는 엄마를 가만히 쳐다보았다.

"저 끈 묶을 때 겁 안 났어?"

"났어."

"대단하네. 서재 청소도 네가 다 해?"

"응."

그래, 혼자가 아니었어, 난

"냄새가 심하던데."

"응, 입에서 초록색 액체도 많이 토하고 그래."

"그걸 네가 다 치웠어?"

"응."

"진짜 대단하다. 너."

"……엄마잖아."

"그래, 맞다. 엄마니까. 뭐가 더럽겠어."

녹현이는 엄마가 먹다 떨어뜨린 고기를 손에 쥐여주었다.

순담이와 녹현이는 나란히 쪼그리고 앉아서 엄마가 쩝쩝 대며 생닭 먹는 것을 지켜보았다.

3

액정에 찍힌 '사랑하는 아빠'라는 글자를 보며 녹현이는 망설이고 있었다. 스마트폰은 칭얼대듯 울려대고, 녹현이는 침을 꿀꺽 삼켰다.

액정 하단에 보이는 거절과 수신, 둘 중 어느 버튼을 눌러야 할지 생각 중이었다.

컵우동에 더운물을 막 따르려고 할 때 전화벨이 울리기 시작했다. 녹현이가 받지 않자 전화는 한 번 끊겼고 곧이어 다시 이렇게 대차게 울리고 있다. 아무래도 아빠는 받지 않으면 계속 걸겠다는 각오인 것 같았다.

결국 녹현이는 수신 버튼을 눌렀다.

"아빠다."

"네."

"별일 없지?"

"네."

그래, 혼자가 아니었어, 난

"학교는 잘 다니고?"

"네."

여기서 아빠는 잠시 숨을 고르고 말을 멈췄다.

"돈을 보냈는데 사용한 흔적이 없더구나."

"어디로 보냈는데요?"

"아빠 하나은행 계좌로."

"그걸 엄마가 쓸 수 있어요?"

"응, 아빠 이름으로 되어 있는 통장이지만 엄마랑 아빠가 함께 사용하는 통장이기도 해. 엄마한테 돈을 보낼 일이 생기면 늘 그 계좌에 넣어뒀거든. 엄마가 알 텐데."

녹현이는 고민했다.

아빠와 엄마가 함께 사용하는 하나은행 통장이 있었던 것 같기는 하다. 하지만 지금 녹현이가 사용하는 카드, 잔액 부족이 된 체크카드는 엄마 이름의 우리은행 카드이다.

"아빠, 돈요, 우리은행 통장에 넣어주셨어야 해요. 그래야 제가 사용할 수 있어요."

그 말에 아빠는 또 숨을 고르고 말을 멈췄다.

"네가 돈이 필요했니?"

"……네."

"왜? 이유를 말해줄 수 있니?"

"……."

녹현이는 아직도 자신이 없었다, 사실을 말할.

"엄마는?"

"집에 있어요."

"엄마 좀 바꿔줄래?"

"……저기, 아빠."

"응? 왜?"

"아니에요."

녹현이는 전화를 끊고 말았다.

아빠한테 엄마의 모습을 도저히 알릴 수 없었다. 그것은 엄마의 마지막 자존심을 해치는 일이다. 엄마는 자신의 모습을 아빠한테 보이는 게 죽기보다 싫을 게 분명하다.

전화기를 들고 녹현이는 간신히 숨을 내쉬었다. 저쪽에 발이 묶인 엄마가 쪼그리고 앉아 있었다.

"휴, 내가 잘한 거겠지?"

중얼거렸다.

그러자 저쪽에 있는 엄마가 그렇다는 듯 고개를 끄덕였다. 녹현이는 재미 삼아 다시 물었다.

"그쵸? 내가 잘한 거죠?"

엄마가 또 고개를 끄덕인다.

녹현이가 놀라서 벌떡 일어났다.

'엥? 엄마가 내 말을 알아듣고 있는 거야?'

조금 다가가서 부엌 싱크대에 기대앉은 엄마를 살피며 다시 물었다.

"엄마, 엄마가 이상하게 변했다는 이야기를 아빠한테 안한 거, 잘한 거죠? 엄마가 위험해졌단 말을 아빠한테 안 한거, 잘한 거죠? 엄마가 사나워져서 이성을 잃었다는 거, 저, 아빠한테 말 안 했어요. 잘했죠? 맞으면 고개를 한 번 끄덕여봐요."

녹현이는 엄마가 알아들을 수 있게 일부러 말을 길게 늘이고 같은 말을 되풀이했다.

그럴 때마다 엄마가 고개를 끄덕인다.

녹현이는 엄마를 가만히 살폈다.

"쩝 그럼 그렇지."

그리고 한숨을 내쉬었다.

엄마는 졸고 있었다. 고개를 끄덕거리면서.

4

"윽, 윽."

녹현이는 올라탄 목이 졸려 바둥거리고 있었다.

"어…… 엄마, 이러지…… 마요…….''

엄마의 입에서 흐르는 침이 녹현이의 이마에 뚝뚝 떨어졌다. 엄마는 목을 조른 손에서 힘을 뺄 생각이 없는 것 같았다.

녹현이는 점점 가무스름해졌다.

일이 이렇게 된 건 녹현이의 돌이킬 수 없는 큰 실수 때문이었다.

아빠와 통화한 후 부엌 식탁 밑에 쪼그리고 앉아 졸고 있던 엄마를 두고 방으로 가 인강을 듣고 있었다. 방문을 열어 놓고선. 잠시 강의 동영상을 멈추고 엄마가 뭐 하는지 확인하러 부엌으로 갔다. 엄마는 여전히 같은 자리에서 졸고 있었다. 이제 서재보다 부엌의 그 자리가 더 편한 모양이었다.

오후의 거실이 너무 적막해 녹현이는 거실에 있는 오디오

그래, 혼자가 아니었어, 난

를 켰다. KBS 클래식FM에서 피아노곡이 흐르고 있었다.

베토벤 피아노 소나타 14번 「월광」이었다.

엄마는 집에 있을 때 주로 KBS 클래식FM을 듣곤 했다. 그 채널은 주로 DJ의 멘트가 적고, 아름답고 조용한 음악들 위주로 선곡해 엄마가 무척 좋아했다. 게다가 엄마는 베토벤을 너무 좋아해서 베토벤 피아노 소나타 전집도 여러 피아니스트의 것으로 사 모으기도 했다.

마침 「월광」이 흐르자 녹현이는 노곤해졌다. 소파에 몸을 묻었다.

'엄마도 듣고 있겠지?'

부엌에 있는 엄마가 들을 수 있도록 볼륨을 높였다.

베토벤 피아노 소나타 14번은 루체른 호수에 비치는 달빛 아래 조각배처럼 고요하고 아름다운 곡이라고 해서 '월광'이라는 별명이 붙었다. 이 피아노곡의 진짜 이름은 '환상곡풍 소나타'이다.

1악장의 느리고 아름다운 선율이 지나고 2악장의 명랑한 선율이 흘렀다. 그리고 마지막 3악장의 격렬하고 광풍이 몰아치는 피아노 소리가 거실에 퍼질 때쯤 녹현이는 아차, 싶었다.

'앗, 엄마가 좋아한다고 이 곡을 크게 틀면!'

쪼그리고 앉아 있는 엄마 옆에 스마트폰으로 틀어놓은 「섬집 아기」 소리가 묻힌다!

돌아보니 엄마는 부엌에 없었다.

"어, 엄마!"

엄마는 반대쪽 소파 등받이에서 나타났다. 엄마의 좀비 특성이 다시 발현된 것이었다. 엄마는 녹현이의 목을 조르기 시작했다. 엄마는 녹현이를 물지는 않고 목을 조르기만 했다.

"커, 커헉. 으아아…… 어, 엄마…….."

숨이 넘어가지 않도록 엄마 손을 덧잡았지만 엄마의 힘이 강했다.

녹현이는 시야가 흐려졌다.

'엄마는 늘 「섬집 아기」 음악을 틀어놓아야 얌전해지는데.'

'엄마는 어찌 되었든 사나운 좀비인데.'

'내가 너무 엄마를 믿었던 걸까.'

몸이 축 처지려 할 때였다.

누군가가 들이닥쳐 녹현이의 목을 조르고 있는 엄마의 손목을 잡고 떼어냈다. 재빠르고 난데없는 그 동작에 좀비 엄마

그래, 혼자가 아니었어, 난

도 그르르, 짐승 소리를 낼 사이도 없이 당황했고, 녹현이에게서 바로 떨어졌다.

"여보! 왜 이래! 여보!"

그 소리에 녹현이가 놀라 올려다보았다.

맙소사, 아빠였다.

"아, 아빠!"

"괜찮냐!"

언제, 어떻게 들어왔는지 아빠가 나타났다.

'그래! 아빠는 집 비밀번호를 알고 있어!'

엄마는 아빠를 보자 산발한 머리를 흔들며 아빠한테 올라탔다. 아빠 역시, 강한 힘을 뿌리치는 엄마한테 녹현이처럼 깔리고 말았다.

엄마는 아빠를 물기 위해 송곳니를 드러냈고 아빠는 그런 엄마한테 물리지 않으려고 이리저리 팔뚝을 내밀었다. 아빠는 엄마의 행동에 여간 당황하는 얼굴이 아니었다.

"조심해요! 엄마가 좀비가 되었어요!"

엄마는 아빠를 정신없이 공격했다. 아빠는 물리지 않으려고 발버둥 쳤다.

'저러다간 아빠가 물리겠어!'

녹현이가 부엌으로 달려가 프라이팬으로 엄마 머리를 가격했다. 엄마는 꽥, 소리를 내며 기절했다. 녹현이는 수면제를 물에 타서 엄마 입에 흘려 넣었다. 그리고 서둘러 엄마를 끌고 가 서재에 가두었다.

소파에 마주 앉은 녹현이와 아빠는 서로의 얼굴을 살폈다. 아빠는 육 개월 전 그 모습 그대로 깔끔한 정장 슈트에 긴 다리를 한 멋진 사업가의 외모를 하고 있었다.

"이게 뭐냐? 엄마가 왜 저래?"

"보셔야 할 게 있어요."

녹현이는 스마트폰에 찍힌 영상들을 보여주었다. 좀비가 되어 있는 엄마의 모습을 본 아빠는 한동안 말을 잇지 못했다.

녹현이는 그간 있었던 일을 전부 말했다.

엄마가 좀비가 되기 전, 아빠가 집을 나가고 녹현이가 학교에 가지 않은 것. 엄마가 꽃집과 다이소에서 몸이 부서져라 일한 것. 엄마는 밤마다 노트북을 켜고 무언가를 하는데, 그때마다 녹현이는 엄마가 차갑게 여겨진다는 것. 엄마가 택시를 타기 전 혼자 서 있는 모습이 너무 이상했다는 것. 녹현이와 엄마가 아빠 때문에 대차게 싸운 그날, 엄마가 좀비가 되었다는 것. 그리고 지금까지 녹현이가 혼자서 엄마를 돌봤다

그래, 혼자가 아니었어, 난

는 것까지.

아빠 눈가에 눈물이 맺혔다.

아빠는 녹현이를 껴안았다.

"고생했구나, 아들!"

아빠는 녹현이를 껴안고 이리저리 몸을 흔들었다. 녹현이
는 맞닿은 아빠의 가슴이 심하게 오르락내리락하는 것을 느
꼈다. 그랬다. 아빠는 울고 있었다.

"엄마 보실래요? 지금쯤 잠들었을 거예요."

엄마가 갇힌 방의 문을 열었다. 엄마는 자고 있었다.

"들어오세요. 엄마는 잠들었어요."

아빠는 방으로 들어오지 않고 계속 밖에 서 있었다. 반년
만에 보는 방 안의 모습이 아빠를 긴장시킨 것 같았다.

녹현이는 아빠가 들어올 수 있게 옆으로 비켜주었다. 아
빠는 조심스레 들어와 피부에 온통 보라색 혈관이 비치는 좀
비 엄마가 송곳니를 드러낸 채 잠들어 있는 모습을 가만히 보
았다.

"좀비가 된 거예요."

아빠는 바지 주머니에서 손수건을 꺼내 등을 돌리더니 한
참을 흐느꼈다. 녹현이가 다가가 아빠 등에 손을 댔다.

아빠는 녹현이를 껴안았다.

"오늘부터 여기서 지낼 거다. 녹현아, 이제 걱정하지 마라."

욕실에서 세수하고 나온 아빠 얼굴은 도깨비처럼 벌겠다. 많이 우신 것 같았다. 아빠는 당장 양복을 벗고 청바지와 후드로 갈아입었다.

녹현이는 정말 기뻤다.

세 식구가 다시 한집에 살게 되었다는 것이 꿈만 같았다. 엄마가 인간이 아니어서 조금은 다른 상황이지만.

아빠와 함께 마트에 가서 식료품을 샀다. 특히 고기를 많이 샀다.

수면제는 의사의 처방전이 있어야 하기에 아빠가 월요일에 병원에 가서 타 오기로 하고 우선 약국에 들러 감기약도 더 샀다.

아빠는 고기를 손질했다. 녹현이도 옆에서 거들었다.

"엄마는 피를 좋아해요. 흡혈귀는 아니지만 좀비는 피를 물처럼 마시더라고요. 그동안 마트에 가서 선지를 사서 췄어요. 그런데 그것도 이젠 구하기가 힘들더라고요."

그 말을 들은 아빠는 식칼을 도마에 놓고선 녹현이를 바

그래, 혼자가 아니었어, 난

라보았다.

"피가 엄마가 가장 잘 먹는 음식이란 말이지?"

녹현이는 고개를 끄덕였다.

아빠는 현관으로 가서 신발을 신었다.

"어디 가시게요?"

녹현이는 본능적으로 아빠 허리춤을 잡았다. 아빠가 다시 돌아오지 않을 것만 같았다.

"어디 가시는 건데요?"

"후후."

말없이 나간 아빠는 세 시간 만에 나타났다.

현관문이 한참 열려 있어야 할 만큼 많은 물건이 들어왔다. 우선 일고여덟 개의 네모난 스티로폼 상자를 현관으로 들여다 놓았다. 커다란 종이봉투에는 다이소에서 구매한 잡다한 물건들이 가득 들어 있었다.

전선을 묶을 때 사용하는 플라스틱 잠금 케이블 타이, 그리고 동묘시장에서 사 온 발목 수갑, 주사기, 수면제, 이갈이 방지용 마우스피스, 원 플러스 원 스티커가 붙은 회색 체육복 세트가 열 개, 특대용 기저귀. 딱 봐도 엄마를 위한 물건이었다.

"이건 진짜 수갑이네요. 대체 어디서 구하셨어요?"

"동묘에는 없는 게 없지."

수갑은 열쇠가 있어서 채우고 풀기에 편했다. 급하게 엄마가 난리를 치면 그것을 사용해서 손을 결박하면 된다.

궁금한 것은 스티로폼 상자들이다.

아빠가 커터 칼로 상자를 열었다. 거기에는 생선이 가득 들어 있었다.

"으아, 생선이잖아요. 이 많은 생선은 왜요?"

"엄마가 먹을 것들이다. 노량진 수산시장에서 사 왔지."

엄마 먹이? 좀비가 생선을 먹는다고? 녹현이는 의아했다. 아빠는 두고 보라며 싱크대에서 식칼로 고등어의 대가리를 끊었다. 그러자 고등어에서 선홍빛 피가 나왔다. 양은 많지 않았지만 신선한 피였다.

"앗, 생선에도 피가 있네요."

"그걸 몰랐더냐."

아빠는 요리사처럼 배를 갈라 피를 따로 받고 내장은 버렸다.

"이거면 엄마가 좋아하겠어요."

녹현이와 아빠는 백 마리가 넘는 생선의 피를 볼에 받았다.

그래, 혼자가 아니었어, 난

"냉동해서 보관하고 때마다 주도록 하자. 언 것이 정신을 차분하게 만들지도 몰라. 더 오래 먹기도 하고."

볼에 가득 찬 피를 주방용 비닐에 나눠 담았다. 소분한 피는 차곡차곡 냉동실에 챙겨 넣었다.

"아빠가 있어서 다행이에요."

아빠는 녹현이의 머리를 쓰다듬었다.

"혼자 고생이 많았다. 이제 걱정하지 마라. 오늘은 엄마를 좀 씻기고 내일부터 대대적으로 집 청소를 해야겠다."

"저도 도울게요."

"아니지. 넌 학교에 가야지, 내일부터."

"아."

아빠는 잠든 엄마를 안고 욕실로 가 욕조에 뉘었다. 아빠는 엄마가 입고 있는 체육복을 벗기며 말했다.

"아빠가 씻길게. 녹현이는 엄마가 갈아입을 옷을 가져오렴."

"네!"

녹현이 입에서 대답이 시원하게 나왔다. 아빠가 있어서 저도 모르게 신났던 거다.

녹현이는 아빠가 벗긴 엄마 옷을 쓰레기봉투에 넣어 버렸다. 아빠는 엄마를 정성스레 씻겼다. 아빠는 말끔해진 엄마를 소파에 눕혔다.

케이블 타이로 느슨하게 두 손을 묶고 마우스피스를 입에 문 채 잠들어 있는 엄마는 평온해 보였다. 수상한 냄새는 사라졌지만 피부는 여전히 군데군데 보랏빛이었고 피부 아래로는 혈관들이 수없이 비쳤다. 그런 점에서는 또 낯설었다.

녹현이와 아빠는 엄마가 머물던 방을 청소했다.

"음, 이 통로로 밥이 들어갔다는 거군."

아빠는 방문 하단에 끼어 있는 초롱이 하우스로 만든 통로를 유심히 보며 턱을 만졌다.

"진짜 멋지게 만들었구나. 아빠는 있잖아, 녹현이 네가 어릴 때부터 영리하고 기발해서 깜짝깜짝 놀라곤 했단다. 지금도 그런 기분이 드는구나."

거실 소파에 있던 엄마를 서재에 둔 매트리스 위로 눕혔다.

그때였다.

엄마가 번쩍 눈을 떴다. 엄마는 날카로운 눈으로 아빠를 노려보았다.

녹현이가 놀라며 아빠 팔을 꽉 쥐었다.

"아, 아빠. 어서 뒤로 물러나요. 엄마가 흥분할 수도 있어요."

그래. 혼자가 아니었어, 난

이제 엄마는 녹현이를 물려고 하지 않는다. 그것은 녹현이가 먹이를 주는 존재임을 아는 까닭이다. 그러나 아빠는 다르다. 엄마가 낯선 아빠를 어떻게 여길지 예측하기 힘들었다. 더군다나 아빠를 싫어한다.

"기다려보렴."

엄마는 코를 벌름거리면서 조금씩 송곳니를 슬그머니 드러냈다. 낯선 냄새에 반응하는 거다. 엄마의 좁쌀같이 작은 눈동자가 점점 조여지더니, 얼마쯤 지나자 시들 듯 멍해졌다.

"아빠가 누구인지 모르나봐요."

아빠는 밖으로 나가더니 생선 피를 담은 그릇을 들고 들어왔다.

"여보, 식사해."

피 냄새를 맡자 엄마가 새악, 새악, 흥분하며 숨을 들이켰다. 아빠는 능숙하게 그릇을 내밀었고 엄마는 그것을 게걸스레 먹었다.

"혼자 식사할 수 있게 나가주자."

아빠는 녹현이를 이끌고 방을 나왔다.

아빠는 소파에 앉았다.

"오랜만에 집에 오니 좋구나."

녹현이는 냉장고에서 포도주스를 두 잔 따라와 테이블에 두었다.

"우리 녹현이가 좋아하는 포도주스도 반갑네! 목이 마르던 참이었는데. 자, 아들, 우리 다시 만난 기념으로 건배할까?"

아빠가 짠 하자고 컵을 내밀었다.

녹현이는 잔을 부딪치지 않고 그냥 혼자 마셨다. 무안해진 아빠는 허허, 웃음을 지으며 컵을 입에 대려다가 뭔가를 떠올리고는 가방에서 작고 흰 약통을 꺼냈다. 그리고 알약을 하나 꺼내 손바닥으로 감싸고 녹현이가 볼세라 그 약통을 얼른 가방에 넣었다. 아빠는 알약을 입에 넣고 포도주스를 벌컥벌컥 마셨다.

"무슨 약이에요? 드시는 거?"

"하하, 아무것도 아니다."

"엄마가 언제 용서해줄까요?"

"평생 기다릴 참이다."

"엄마가 돌아오면 다시 나가지 말고 집에 있으면서 용서를 비세요."

"그건 전적으로 엄마가 결정할 문제란다."

그래, 혼자가 아니었어, 난

"저는 아빠 엄마와 함께 살고 싶어요."

"그건 아빠만의 의지로 되는 건 아니란다. 아빠는 엄마에게 크게 실수했고 지금 대가를 치르는 중이다. 한마디만 할게. 녹현아 명심해라. 사람과 사람 사이엔 믿음이 가장 중요하단다. 한 번 깨진 믿음은 절대로 예전처럼 돌아가지 않는다. 아빠는 그걸 가볍게 생각했다. 믿음은 재산이다. 나를 믿어주는 사람을 절대로 속이면 안 된다. 아빠가 이런 말 할 자격은 없지만."

"절대로 그런 짓 하지 않을 거예요. 맹세해요."

"그래, 그래야. 넌 멋진 어른이 될 거야. 내가 혼자 죽으려고 여러 번 결심했지만, 그때마다 녹현이 네가 떠올라서 그러지 못했다. 다시 이렇게 보니 너무 좋다."

"잘못하셨으면 엄마한테 싹싹 빌어야지 죽긴 왜 죽어요."

"아빠는 그냥 죽는 게 사는 것보다 나을 성싶었다. 하지만 지금 생각해보면 아주 잘못된 생각이었다. 엄마한테 싹싹 빌고 전부 말했어야 했다."

녹현이는 왜 아빠가 자꾸 죽음을 이야기하는지 좀처럼 이해가 되지 않았다.

"이만 들어가 쉬어라."

"아빠는요?"

"거실에서 밀린 일 좀 해야겠다. 이거 엄마 노트북이지?"

아빠는 엄마 노트북을 켰다. 그걸로 업무를 보려는 것이다.

녹현이는 자기 방으로 왔다. 이제 아빠가 왔으니 녹현이
는 진짜 공부만 열심히 하기로 했다. 엄마 문제는 아빠가 해
결해줄 거라고 믿었다.

'가족이 최고라는 말, 바로 이런 기분이구나!'

녹현이가 자리에 앉아서 인강 태블릿 PC를 켜려고 할 때
거실에서 아빠가 불렀다.

"녹현아."

나가보니 아빠는 노트북 화면을 심각하게 바라보고 있었다.

"평소에 엄마가 이 노트북으로 뭘 했니?"

"왜요?"

아빠는 노트북 화면을 보여주었다. 워드프로세서가 보였
는데 거기엔 불어가 빼곡하게 쓰여 있고 문단을 띄우고 한글
이 쓰여 있었다.

"이게 뭐예요?"

"번역 작업을 했구나. 엄마가 돈을 벌기 위해 이런 걸 하는
모양이구나."

"아닌데. 엄마는 낮에 꽃집이랑 다이소에서 점원으로 일했어요."

"그럼 밤에 번역 일을 했던 모양이군."

녹현이는 엄마가 아빠와 헤어지고 스스로 돈을 벌기 위해 낮에는 몸이 부서져라 일하고 집에 오면 번역 일을 한 사실을 깨달았다.

"일하고 돌아오면 지금 아빠가 앉아 있는 자리에서 노트북으로 뭔가를 하고 있었어요."

"음."

"그런데 꾸벅꾸벅 잠드는 일이 더 많았어요."

"아무래도 엄마는 새 인생을 준비하고 있었던 것 같다."

"새 인생? 번역 작업이 엄마의 새 인생이에요?"

아빠는 화면을 가리키며 말했다.

"엄마는 대학교 때부터 영어와 불어를 아주 잘했어. 프랑스로 유학 갈 준비까지 했으니까. 아마도 스스로 생활비를 벌기 위해서 아르바이트를 하지만 언젠가는 프로가 되기 위해 자신을 갈고닦았을지도 몰라. 네 엄마는 당연히 그럴 사람이야."

녹현이는 엄마랑 화해하기 위해 수학 문제집을 사러 가자고 졸라댔을 때 엄마가 한 말이 떠올랐다.

"대체 밤마다 뭐 하시는 건데요?"
"……중요한 일. 내가 해야만 하는 일."
"돈 벌어요? 밤에도?"
"몰라도 돼. 하지만 엄마 인생에서 중요한 일이야."

엄마 인생의 중요한 일.
그것은 번역 일이었던 것 같다. 아마도 엄마와 친한 출판사 아줌마가 일을 줬을 것이다.
아빠와 녹현이는 노트북 모니터를 한참 바라보았다. 엄마는 치밀하게 내용을 분석하고 주석을 달아놓았다. 하나의 불어 문장을 놓고 다양한 우리말 문장으로 바꿔서 가장 좋은 문장을 찾으려고 애쓰고 있었다.
"참 꼼꼼하게 작업했구나."
"이 작업 할 때 저한테 말도 걸지 않았어요. 다른 사람 같았어요."
"그랬을 테지. 녹현이 네가 공부를 잘하는 건 전부 네 엄마 머리를 닮아서야. 엄마한테 고맙게 생각해야 해."

그래, 혼자가 아니었어, 난

녹현이는 고개를 돌려 서재를 바라보았다.

방 안에서 달그락거리는 소리가 들렸다. 엄마가 먹을 것을 다 먹은 모양인지 그릇 소리를 내고 있었다. 그러더니 쿵쿵 문을 두드렸다.

"엄마가 피를 더 달라는 것 같아요."

"냉동실에서 소분한 것 하나를 더 갖다주렴."

녹현이는 냉장고로 걸어가며 생각했다. 반드시 엄마 꿈을 되돌려주리라고.

"아빠, 돈요, 우리은행 통장에 넣어주셨어야 해요. 그래야 제가
사용할 수 있어요."

아들의 그 말에 나는 말을 멈추고 숨을 가다듬었다.

"네가 돈이 필요했니?"

"……네."

저 멀리서 아들의 목소리가 죽어 들어갔다.

"왜? 이유를 말해줄 수 있니?"

수화기 저편, 녹현이는 조용했다.

"엄마는?"

"집에 있어요."

녹현이는 아내가 집에 있다고 말했다.

녀석이 아내에게도 말 못 할 어떤 사고를 친 걸까? 아니면 아
내가 녹현이를 시켜 돈을 보내달라고 부탁했을까? 아내는 한사
코 내가 생활비를 주겠다는 제안을 거절했었다. 나는 도무지 가

늠할 수 없었다. 둘 중 어떤 상황이라도 돈을 보낼 생각이었지만 녹현이의 목소리에는 그보다 더 중요한 어려움이 묻어 있었다.

나는 녹현이의 아빠이기에 녹현이의 떨림을 느낀다.

수화기 저편에서 녹현이가 한숨을 내쉬었다.

내가 차분하게 말했다.

"엄마 좀 바꿔줄래?"

녹현이와 대화는 어렵다고 생각했다. 그래서 아내와 대화해보기로 했다.

아내와는 집을 나간 후 한 번도 대화하지 않았다. 문자와 메신저톡으로는 이혼에 관한 서류 정도는 몇 번 주고받았지만 실제 말을 주고받은 지는 실로 오래되었다.

그래서 조금 긴장됐다.

기다렸지만 녹현이는 엄마를 바꾸지 않았다.

"……저기, 아빠."

"응? 왜?"

"아니에요."

녹현이는 뭔가를 말하려다 말고 뚝, 말을 멈췄다.

나는 마른침을 꿀꺽 삼켰다.

"녹현아, 녹현아."

다급하게 불러보았지만 아들의 목소리는 들리지 않았다.

아쉬운 마음을 뒤로하고 통화가 끊긴 스마트폰 액정을 바라보았다.

그런데!

액정을 보니 통화는 아직 유지되고 있었다. 붉은색 전화기 아이콘이 사라지지 않았고 통화 시간은 여전히 카운팅되고 있었다.

저쪽에서 전화를 끊은 게 아니었다.

얼른 스마트폰에 귀를 대보았다.

저쪽에서 녹현이가 누구에게 말하는 소리가 들렸다.

"휴, 내가 잘한 거겠지? 그쵸? 내가 잘한 거죠? 엄마, 엄마가 이상하게 변했다는 이야기를 아빠한테 안 한 거, 잘한 거죠? 엄마가 위험해졌단 말을 아빠한테 안 한 거, 잘한 거죠? 엄마가 사나워져서 이성을 잃었다는 거, 저, 아빠한테 말 안 했어요. 잘했죠? 맞으면 고개를 한 번 끄덕여봐요."

녹현이는 나와 통화가 계속 연결되고 있는 것을 모른 채 제 엄마한테 무언가를 말하고 있었다.

듣고 있자니, 아내는 녹현이 말에 대꾸하지 않았다. 녹현이는 아내에게 자꾸 이상한 질문을 해대고 있었다.

엄마가 이상하게 변했다는 이야기를 나한테 안 한 게 잘한 거라고?

엄마가 위험해졌단 말을 나한테 안 한 게 잘한 거라고?

엄마가 사나워져서 이성을 잃었다고?

대체 이게 무슨 소린가?

녹현이는 지금 누구한테 말하고 있는 건가?

나는 혼란스러웠다.

집에 무슨 일이 있는 게 틀림없었다.

사랑하는 아내에게, 사랑하는 아들에게 분명 무슨 일이 있다.

당장 집으로 가봐야겠다!

지금 당장!

예감은 틀리지 않는다

1

오랜만에 온 학교에서 녹현이는 이것저것 확인할 게 많았다. 근 열흘간 수업에 빠진 터라 시험 일정표, 진도표를 챙겨야 했고 선생님과 밀린 생활 상담도 해야만 했다. 아빠는 집에서 혼자 엄마를 지키고 있다.

'앗, 그러고 보니 그 말을 하지 않았네.'

녹현이는 아빠한테 엄마를 잠잠하게 만드는 비법을 알려주지 않았다는 것을 깨달았다. 담임선생님에게 스마트폰을 반납하기 전에 문자를 보냈다.

아빠, 아침에 말씀 못 드렸는데요, 엄마는 「섬집 아기」 노래만 들으면 얌전해져요. 그러니 집 안에 그 노래를 크게 틀어놓으세요.

점심시간이 되자 아빠한테 전화했다.

신호가 울리기만 할 뿐, 아빠는 받지 않았다.

'왜 전화 안 받으시지? 무슨 일 있는 거 아냐?'

녹현이는 오줌이 마려워지며 점점 초조해졌다.

어젯밤 아빠와 녹현이는 무슨 일이 생기면 즉각 서로에게 연락하기로 약속했다. 녹현이는 엄마는 피만 제때 주면 공격하지 않는다고 말해주었다. 또 엄마가 창문을 뛰어내리려고 한다던가, 발걸음 소리도 내지 않고 밖으로 나갈 수 있으니 조심하라고도 말했다.

아빠는 녹현이가 학교에 가 있는 동안은 엄마 발목에 쇠줄을 채워놓고 방에만 있게 하겠다고 말했다.

뚜, 뚜, 뚜.

"연결이 되지 않아 소리샘으로······."

게임진따 녀석들이 다가왔다.

"많이 아팠냐? 병문안 가려고 했는데 코로나 시대에 남의 집에 가는 게 실례잖냐. 우헤헤."

"어, 잘했어. 앞으로도 오지 마."

"야, 닌텐도 가져왔는데 체육실에 짱박혀서 한판 할래?"

진혁이와 친구들이 낄낄대며 농담을 던졌지만 녹현이는 대꾸하지 않았다. 학교 건물 뒤 장미 나무가 빼곡한 화단에서 다시 전화를 걸었다.

뚜, 뚜, 뚜.

"연결이 되지 않아 소리샘으로······."

'아무래도 집에 가야겠다.'

녹현이는 곧장 담임선생님한테 가서 조퇴한다고 말했다.
선생님은 녹현이를 심각하게 바라보기만 할 뿐 순순히 조퇴
서에 사인을 해주었다.

가방을 챙겨 나왔다. 운동장에서 아빠한테 문자나 전화가
왔는지 스마트폰을 확인하고 있을 때,

"후우."

누군가 녹현이에게 강제로 어깨동무를 하더니, 녹현이 왼
쪽 귀에 더운 바람을 불어 넣었다. 화들짝 놀라서 돌아보니
강동민이다. 뒤에는 동민이 패거리 네 명이 낄낄거리며 따라
오고 있었다.

"야, 칼 언제 줄 거냐?"

'아, 진짜. 하필 이때.'

"저기, 동민아. 나, 지금 좀 집에 가봐야 해서. 나중에 이야
기하자."

녹현이는 어깨에 걸린 동민이 손을 떨쳐냈다. 떨어진 강
동민의 손이 다시 어깨에 올라왔다.

"나 지금 집에 가야 해서 나중에 이야기하자. 낄낄. 새끼야, 어딜 토낄려고!"

동민이가 녹현이 말투를 따라 하고 놀리며 녹현이 머리를 때렸다. 뒤에서 웃음소리가 들렸다. 기분이 나빴지만 녹현이는 차분하게 말했다.

"집에 일이 있다고."

"집에 일이 있다고, 킬킬."

그러더니 정색을 했다.

"보름이 지난 지가 언젠데 새끼야, 내 칼 내놔!"

그랬다. 녹현이는 약속했다. 칼을 돌려주기로. 엄마가 좀비가 되던 날, 학교 식당에서.

"저기, 동민아."

"줄려고? 오늘 주는 거냐?"

"이번 주 안에 돌려줄…… 읍."

강동민은 말이 끝나기 무섭게 녹현이 배에 주먹을 찔러넣었다. 그리고 니킥을 날렸다. 녹현이는 풀썩, 주저앉았다. 동민이 패거리들이 녹현이에게 정신없이 발길질했다.

녹현이는 등을 말았다. 아프지 않았다. 어서 집으로 가야 한다는 생각뿐이었다. 슬픈 예감이 들었기 때문이다.

예감은 틀리지 않는다

2

　조심스레 현관으로 들어온 녹현이는 신발부터 살폈다. 현관에 놓인 신발들은 가지런하다. '아빠'라고 부르고 싶었으나 퉁퉁 부은 얼굴을 들키고 싶지 않아서 얼른 욕실로 가서 세수부터 했다. 후드티로 갈아입은 녹현이는 모자를 덮어쓰고 조심스레 거실을 살폈다.

　거실은 깨끗했다.

　저 멀리 소파 테이블에는 아빠 노트북이 펼쳐져 있었고 종이와 대본 출력물들이 놓여 있다. 아빠 스마트폰도 노트북에 연결되어 충전 중이었다.

　그런데 아빠는 보이지 않았다.

　게다가 집 안에 「섬집 아기」가 퍼지고 있지 않았다!

　그것은 아빠가 녹현이의 문자를 보지 않았다는 뜻이고, 엄마의 흥분을 제어할 상황에 있지 않았다는 뜻이다. 살금살금 서재로 갔다. 문은 굳게 닫혀 있었다. 야구방망이를 잡아 들었다. 방문에 귀를 대보았다. 조용했다. 살포시 문을 열었다.

"큐아아아아아악."

엄마가 기다렸다는 듯 달려들었다.

준비를 안 한 건 아니다.

"엄마, 미안!"

녹현이는 좀비 엄마의 턱을 방망이로 갈겼다. 엄마가 꽈당 저쪽으로 튕겨나갔다.

쾅, 문을 닫았다.

"헉헉."

숨을 가다듬었다.

'극도의 흥분상태야! 무슨 일이 있었던 게 분명해.'

그때 무언가가 녹현이 다리를 움켜잡았다.

으아악.

내려다보니 아빠였다.

아빠는 기듯이 다가와 녹현이의 다리에 볼을 비벼대고 있었다.

"아, 아빠!"

불렀지만 아빠는 대답 대신 "으흥, 으으흥" 하고 느끼한 콧소리를 내며 녹현이 다리에 자신의 볼을 비비적비비적하고 있었다.

"아, 아빠 왜 이래요?"

쪼그리고 앉아서 두 손으로 아빠 얼굴을 잡고 아빠 고개
를 들게 했다.

아빠 눈을 보았다.

"으아아악."

녹현이는 잡고 있던 아빠 얼굴을 던지듯 버렸다.

예감은 틀리지 않았다.

아빠 눈동자도 좁쌀처럼 작아져 있었고 흰자는 보라색으
로 변해 있었다. 아빠의 손등도, 목도 전부 피부 아래 혈관이
도드라지게 퍼져 있다.

'물린 거다, 엄마한테!'

그런데 아무리 봐도 아빠의 몸, 어디에도 물린 자국이 없
었다.

'근데 어딜 물리신 거지?'

단지 아빠의 코가 유난히 붉게 부풀어 있었다.

아빠는 녹현이 정강이를 껴안더니 바지를 올리고는 녹현
이 무릎을 강아지처럼 할짝할짝 핥아대기 시작했다. 아빠가
다리에 침을 바르자 기겁한 녹현이는 다리를 빼려다가 뭔가

이상한 기분이 들었다. 움직이지 않고 가만히 아빠 행동을 지켜보았다.

아빠는 깨물지 못하고 그저 녹현이 정강이에 침만 바르고 있었다. 마치 막 태어난 호랑이가 물지 못하고 혀를 할짝대는 그런 행동이랄까.

아빠는 보이는 건 전부 핥아댔다.

바닥이고 식탁 다리고 간에 보이는 건 하도 핥아대서 아빠의 큰 코가 마찰하여 저렇게 부푼 건가 싶기도 했다.

'아직 무는 법을 체득하지 못한 건가?'

한 시간 뒤, 순담이는 들고 온 치킨 봉지를 내려놓을 생각을 하지 않고 멍하게 방 안의 두 사람을 바라보고 있었다.

"으아아, 아저씨마저도?"

"학교에 간 사이 그렇게 되었어."

"뭐야! 아저씨 혼자 두고 학교엔 왜 갔어? 위험하게!"

"우씨, 학교에 매일 나오라고 한 사람이 누군데!"

"아, 그랬지."

순담이는 머리를 긁적였다.

서재에는 똑같은 매트리스가 두 개 깔려 있고, 엄마와 아빠가 발목 쇠고랑에 묶인 채 쿵쿵대며 이리저리 움직이고 있었다.

아빠는 원숭이처럼 엄마의 머리카락을 세고 있었고 엄마는 어딘가에서 풍기는 치킨 냄새에 흥분하며 허공에 코를 킁킁댔다.

"카아약."

엄마가 이쪽을 보면서 날카로운 이를 드러냈다.

"이거 때문인가?"

순담이가 들고 있던 치킨 봉지를 들어 보였다.

봉지 안의 치킨은 생닭도, 손님들이 먹다 남긴 것을 챙겨 온 것도 아닌, 바싹하게 튀겨진 진짜 치킨이었다. 아빠와 녹현이가 먹을 것이었다. 아빠가 돌아온 것을 안 순담이가 치킨 파티를 하자고 찾아온 것이었다. 아빠는 평소 순담이를 귀여워했고 순담이도 아빠를 좋아했다.

"뭐냐, 아저씨 드시라고 생맥주도 가지고 왔는데."

그 말에 이번엔 엄마 머리를 고르던 아빠가 이쪽을 보며 캬아악, 이를 드러냈다.

"어라, 아저씨가 내 말을 알아듣나봐. 신기하네."

"어서 치워. 엄마 아빠 둘 다 흥분하잖아!"

"야, 배고프다. 우리라도 어서 먹자."

그러고 보니 아침부터 아무것도 먹지 않았다는 것을 깨달았다.

둘은 거실로 나와 치킨 상자를 열었다.

바싹하게 튀긴 치킨이 모락모락 김을 냈고 고소한 냄새를 풍겼다. 표면에 오돌돌 방울이 맺힌 콜라 캔도 두 개 있었다.

"눈에 멍, 왜 든 거야?"

"넘어져서 부딪혔어."

"칠칠치 못하게!"

순담이는 곧이곧대로 믿었다.

"이제 어쩔 거야?"

"어쩌긴. 내가 두 사람을 다 케어해야지. 아 씨, 왜 예감은 틀리지 않는 거야."

녹현이가 갑자기 닭다리를 놓고 머리를 부여잡았다. 순담이가 치킨을 씹으면서 말했다.

"신고하는 게 어때?"

녹현이가 고개를 들었다.

"무슨 소리야? 신고라니?"

"왜 눈을 똥그랗게 뜨고 그래? 너 혼자 좀비 둘을 어떻게 감당하려고?"

"절대로 안 돼, 신고는."

순담이가 닭다리로 녹현이 이마를 탁, 쳤다.

"아저씬 아줌마한테 물린 거야. 이미 희생자가 한 명 발생한 거라고. 너도 자칫 물리면 이젠 답이 없어. 그땐 아줌마가 밖으로 나갈 수 있고. 그런 일이 생긴다면 진짜로 세상이 발칵 뒤집힐 거야."

녹현이가 이를 바드득 갈았다.

"너, 네 부모가 아니라고 그런 소리를 하는 거야?"

"무슨 말이 그래?"

"됐어!"

녹현이는 씩씩댔다. 순담이도 녹현이가 진짜로 화를 내고 있다는 것을 알고 들고 있던 닭다리를 내려놓았다.

"왜 갑자기 화를 내? 난 네가 걱정되어서……."

"널 믿은 내가 잘못이지."

녹현이는 일어나더니 현관으로 가서 섰다.

"나가줘."

"야! 홍녹현! 너 왜 이래?"

"꺼져. 다시는 여기 오지 마."

녹현이와 순담이가 한동안 말없이 마주 보았다.

순담이가 기름 묻은 손을 화장지로 닦고는 일어났다. 순담이가 현관으로 가려 할 때 딩동댕 딩동댕, 현관 초인종 소리가 울렸다.

녹현이와 순담이가 눈을 마주 보았다.

"올 사람이 없는데, 이 시간에?"

"할머니 아냐?"

"아냐, 제주도 가셨어."

벽에 붙은 인터폰 비디오 터치 액정을 보니 1층에서 누군가가 공동 현관문을 열어달라고 녹현이 집으로 호출하고 있었다. 화면 속 얼굴을 보니 놀랍게도 강동민이었다.

"뭐야, 씨. 강동민이잖아. 저 자식이 우리 집에 왜?"

순담이도 달려와 액정을 살폈다.

"진짜네. 쟤가 왜 여길 온 거지?"

동민이네 집은 여기서 두 블록 떨어져 있기에 멀지는 않았지만 동민이가 녹현이 집에 직접 찾아올 일은 없다.

"아, 하필 이런 때에!"

녹현이는 머리를 헝클었다.

녹현이는 아무래도 칼 때문이라고 생각했다.

순담이가 말했다.

"뭐야, 나한테 숨기는 거 있지? 다 말해! 쟤가 왜 뜬금없이 찾아와서 초인종을 누르는지!"

녹현이는 순담이에게 동민과 있었던 일을 전부 말했다. 이야기를 다 들은 순담이는 닭다리 두 개가 한 번에 들어갈 만큼 입을 크게 벌렸다.

"그럼 눈 멍든 거 쟤한테 맞은 거야? 너 쟤한테 맞고 다녀?"

"아, 몰라."

"음, 비싼 칼이라면 쟤가 저럴 만도 하네. 너도 억울한 점이 있고."

순담이도 온라인게임을 좋아하는 편이어서 어떤 상황인지 이해하는 표정이었다.

딩동댕, 딩동댕.

아래에서 계속 벨을 눌러댔다.

집 안에 소리가 멈추지 않자 방에 있던 엄마와 아빠가 투덕거리는 소리가 났다.

"들여보내!"

순담이가 명령하듯 말했다.

"들여보내라고?"

순담이는 벽에 붙은 인터폰 액정을 눌러 1층의 공동 현관 문을 직접 열어주었다.

"야! 대체 무슨 생각을 하는 거야?"

녹현이가 펄쩍 뛰자 순담이는 어깨를 한번 으쓱했다.

"나한테 좋은 생각이 있어."

현관문을 열자 동민이가 서 있었다.

"뭐냐? 우리 집엔?"

"왜? 한판 뜨러 왔을까봐?"

"뜨자면 뜨지. 쫄 것 같냐?"

녹현이도 지지 않았다.

학교에서 맞을 만큼 맞았다고 생각했기 때문이다. 사실 학교에서는 아빠 때문에 대항할 기분이 아니었다. 하지만 이제는 전열을 가다듬었고 아무리 짱이라고 해도 더는 당하지 않겠다고 마음먹고 있었던 참이었다.

"어, 새끼. 자기 집 앞이라고 눈 부라리네."

"돌아가. 학교에서 해결하자. 집에 엄마 아빠가 계셔."

그 말에 동민이는 히죽 웃었다.

"잘됐네. 너희 부모님께 전부 말하려고 왔어. 네가 수십만 원짜리 칼을 잃어버리고 갚지 않는다고. 정당하게 다 까고 해결하자. 아니면 너희 부모님 보는 데서 넌 경찰서에 가야 할 거야!"

"안녕!"

그때 순담이가 얼굴을 내밀었다.

녹현이 뒤에서 순담이가 나타나자 동민이는 눈을 크게 떴다.

"뭐야? 쟨 여기 왜 있어?"

"그러지 말고 들어와. 들어와서 이야기해."

순담이가 동민이 손을 잡아끌었고 동민이가 신발을 벗고 들어왔다.

"어쭈, 치킨에 맥주까지? 딱 보니 둘만 있구먼!"

집에 어른이 없다는 걸 눈치챈 동민이는 다짜고짜 소파에 퍼질러 앉았다. 그리고 탁자 위에 있던 치킨 한 조각을 집어 먹었다.

"아, 좀 누워야겠다. 야! 홍녹현, 너희 엄마 아빠 오실 때까지 난 여기서 꼼짝 안 한다."

"이 새끼가."

"어쭈, 못된 것만 배웠네."

순담이와 녹현이가 동시에 한마디씩 했다.

동민이는 두 다리를 쭉 펴고 소파에 누워 리모컨으로 이리저리 채널을 돌렸다.

순담이는 녹현이에게 윙크를 했다. 그리고 동민이 옆에 앉았다.

"강동민, 너 칼 받으러 온 거라며?"

"그렇지."

"녹현이가 몇 달째 피하고 다녔다며?"

"그렇지."

"녹현이 쟤 원래 그래. 동민아, 녹현이 아빠가 그 게임 하시는 거 너 모르지?"

그러자 동민이가 벌떡 일어났다.

"뭐라고? 얘 아빠가 그 게임을 해?"

"녹현이 아빠, 모바일게임 회사 사장이잖아. 그러니까 웬만한 게임은 다 가입해서 하고 계시지. 내가 알기론 녹현이 아빠도 「던전 앤드 라이온」 유저야. 또 내가 알기론 아저씨한테 네가 잃어버린 그 칼보다 더 좋은 칼 많아."

동민이가 녹현이를 째려봤다.

"너희 아빠, 「던전 앤드 라이온」 하시냐?"

"어? 으, 응."

"새끼가. 그러면 너희 아빠한테 말해서 나한테 칼 보상해 줄 수 있었네! 그러면서도 계속 미루고 있었던 거냐?"

순담이가 끼어들었다.

"아니지. 시간이 필요했지. 녹현이가 시간을 좀 달랬다며? 그거, 아빠 몰래 아빠 아이디로 접속할 시간이 필요했던 거야. 그렇지, 녹현아?"

"으, 으, 웅."

동민이 얼굴이 밝아졌다.

"진작 그렇게 할 일이지. 야, 홍녹현. 내가 진짜 부탁한다. 그 칼 빨리 돌려줘. 나도 집에서 맨날 우리 형한테 갈굼 당한다고. 너한테 개인적인 원한 없다. 부탁이다, 응?"

순담이가 끼어들었다.

"그러니까 그 문제를 지금부터 이야기하자고. 지금 칼을 줄 수 있을 거 같은데."

동민이가 순담이를 바라보았다.

"야, 그런데 네가 왜 자꾸 끼어드냐? 야, 홍녹현. 너, 진짜 애랑 뭐라도 되냐? 저번에 급식실에서도 티격태격하더니."

그러자 순담이가 동민이의 양 귀를 잡고 날카로운 눈으로 째려보았다.

"이 새끼가!"

순담이의 난데없는 욕에 동민이가 움츠렸다. 순담이가 동민이 귀를 잡고 흔들었다.

"너 지금 우리가 뭐 하는지 몰라? 엥?"

귀가 잡힌 동민이는 쭈뼛거리며 테이블에 놓인 치킨이랑 콜라를 둘러보았다. 그리고 순담이를 한 번 보고 녹현이를 보았다.

순담이가 말했다.

"이 바보 새끼, 그렇게 눈치가 없어?"

그제야 동민이는 히죽 웃었다. 녹현이와 순담이가 집에서 데이트를 한다고 확신한 것 같았다.

"으흐흐, 알았어. 누가 주든 주기만 하면 바로 사라져주지."

"진작 그럴 것이지. 지금부터 내가 교통정리한다. 동민이너, 잃어버린 칼이 뭐야?"

"제브라 소드 레벨 67짜리."

순담이가 말했다.

"녹현이 아빠는 나랑도 친해. 내가 알기로 아저씨 무기 창고에 제브라 소드는 없어. 그 대신 그것보다 더 고레벨 아이템인 골드마스터 소드, 레벨 50짜리가 있지. 아저씨가 작년 봄에 샀거든. 녹현아, 그래, 안 그래?"

순담이가 녹현이를 보며 몰래 윙크했다. 입을 맞추라는 뜻.

"……어. 그, 그래. 맞아. 우, 우리 아빠한텐 골드마스터가 있어."

"강동민. 제브라 소드 대신 골드마스터를 받는 건 어때? 더 비싼 칼이야."

"오호호, 그걸 주면 더 좋고!"

순담이가 녹현이에게 명령했다.

"홍녹현, 너희 아빠 아이디로 들어가서 골드마스터, 그걸 동민이한테 줘. 오케이?"

순담이가 몰래 윙크하는 것을 느낀 녹현이가 과장되게 말했다.

"……오, 오케이. 아빠한테는 내가 가지고 놀다가 잃어버렸다고 해야지."

"오오오."

동민이는 감탄했다.

순담이가 동민이 팔을 툭 쳤다.

"너, 새끼야. 돈 번 줄 알아! 네 주제에 골드마스터를 함부로 만질 수 있다고 생각해?"

"그동안 내가 마음 졸인 거 생각하면 골드마스터 정도는 받아야 했어. 칼은 어떻게 줄 건데?"

순담이는 굳게 닫힌 녹현이 서재 방문을 가리켰다.

"지금 줘야지. 저 방이 아저씨 서재야. 저 안에 녹현이 아빠가 쓰는 최첨단 올라운드 PC 시스템이 있어."

"오호."

순담이가 말했다.

"자, 자, 동민이 네가 저 방에 가서 직접 아저씨 아이디로 접속해서 마음에 드는 걸 골라. 그걸 네 아이디로 선물 보내기 해. 골드마스터보다 더 비싼 걸 고르면 안 된다."

"알았어. 너희 아빠 아이디가 뭔데?"

"일단 방에 들어가면 알려줄게."

동민이가 서재 앞에 섰다. 안에서 엄마와 아빠가 쿠오오오, 케케켁거리는 소리가 들렸다.

"근데 이게 무슨 소리지?"

"아, 서재에 게임을 틀어놓았거든."

이번엔 녹현이가 말했다. 동민이는 그 말에 더 흥분했다.

"와, 사운드 좋다! 너희 아빠 게임 장비가 장난 아닌 모양이네!"

녹현이가 문을 열었다. 동민이를 안으로 밀어 넣었다. 순담이가 문을 닫았다. 금세 안에서 소리가 들렸다.

"쿠오오오오오!"

"케케케케켁, 스럇무라카샤!"

"으악, 이게 뭐야!"

아빠는 엄마가 문을 두들기지 않도록 동묘에서 산 쇠고랑 길이를 문까지 오지 않도록 만들었다. 그래서 엄마는 방의 반을 자유롭게 돌아다닐 수 있지만 문 앞까지는 올 수 없다. 아빠 발목의 쇠고랑도 마찬가지였다. 안에서 동민이가 방문에 딱 붙어 있으면 좀비들에게 물릴 염려는 없었다. 순담이는 적당히 동민이를 놀리고 꺼내줄 생각이었다.

"으아, 이게 뭐야. 이게 뭐야. 으아아악!"

예상대로 동민이는 문에 딱 붙어서 문을 두드렸다.

"잘 피해. 좀비한테 물릴지도 몰라."

"좀비? 으아아. 진짜 좀비다! 야! 꺼내줘. 꺼내달라고!"

동민이가 안에서 유치원생처럼 흐느꼈다. 녹현이가 장난이 심하다고 느꼈는지 순담이 어깨를 잡았다.

"인제 그만 꺼내줘. 물리면 어떡하려고?"

"안 물려! 저 녀석은 더 혼나야 해!"

"그만하면 됐어!"

순담이는 입술을 한번 굳게 오므리더니 문 너머로 소리쳤다.

"야, 강동민, 문 열어줄까?"

"제발 열어줘. 이게 뭐야. 이게 뭐야. 으아아, 진짜 좀비라니!"

"그럼 제브라 칼은 포기할 거야?"

"포기! 포기! 안 받을게. 안 받는다고. 어서 꺼내줘!"

문을 열었다. 동민이가 튀어나왔다.

"으으으으." 동민이는 한참 동안 헐떡거렸다.

"바지 벗어, 짜샤!"

"으으으. 바지? 왜?"

동민이는 바지가 축축한 채였다. 순담이와 녹현이는 쯧쯧 혀를 찼다.

"그거 오줌이냐?"

"그렇게 하고 나갈 거야? 벗어. 빨아서 건조해줄 테니까."

동민이 바지가 세탁기에서 돌아가는 동안 동민이는 녹현이의 반바지를 입고 있었다.

예감은 틀리지 않는다

순담이가 치킨 한 조각을 동민이한테 내밀었다.

"앉아. 치킨 먹어! 자!"

동민이는 치킨을 씹는 둥 마는 둥 했다. 정신이 멍하게 나가 있는 상태였다.

"지, 진짜 좀비가 맞아?"

녹현이는 동민이에게 저 좀비들은 엄마와 아빠라고 말하려 하자 순담이가 옆구리를 푹 찔렀다.

"보고도 못 믿겠어? 그럼 다시 들어가서 물려볼래? 네가 좀비로 변하는지 아닌지 확인해볼 테냐?"

"아, 아니."

이후 동민이는 적잖이 의기소침해졌다.

녹현이는 다행이라고 생각했다.

앞으로 동민이 입에서 제브라 소드가 나올 리는 없을 것 같았다. 띠롱 띠롱, 세탁기에서 건조가 다 되었다는 신호가 울렸다. 동민이는 자기 바지를 찾아 입었다.

"이제 집에 가야겠어."

동민이는 현관 앞에 앉더니 풀린 컨버스 끈을 묶었다.

"야!"

순담이가 불렀다.

동민이가 뒤돌았다. 순담이가 눈을 부릅뜨고 말했다.

"너, 비밀 지켜야 한다! 오늘 있었던 일 밖에서 말하면 죽는다."

신발 끈을 묶는 동안 동민이는 말이 없었다. 녀석은 현관에 앉아 꽤 오랫동안 끈을 묶고 있었다.

"뭐 하냐? 왜 이리 뭉그적거려?"

동민이는 현관에 웅크린 채 대답이 없다.

그때 녹현이가 외마디 비명을 질렀다.

"저 새끼, 누군가에게 문자를 보내고 있어!"

순담이가 재빨리 동민이 몸을 열어젖혔다. 동민이는 스마트폰 액정에 한창 글자를 입력하는 중이었다.

"당장 그 폰 이리 내!"

동민이가 외쳤다.

"당장 국립 암 센터에 신고할 거야! 이 집에 좀비가 산다고!"

녹현이와 동민이가 뒤엉켰다. 녹현이는 동민이가 보내기 버튼을 누르지 않도록 해야만 했다.

"이리 안 내놔? 바보 아냐? 좀비를 암 센터에 신고한다니!"

"놔! 놔! 내 거야!"

동민이는 스마트폰을 빼앗기지 않으려고 바둥댔다. 녹현이가 스마트폰을 쥔 동민이의 손을 깨물었고 동민이는 녹현이 머리카락을 잡고 흔들어댔다. 급기야 현관에서 두 아이가 격하게 레슬링을 했다.

그러나 대세는 곧 기울어졌다.

녹현이보다 동민이의 덩치가 더 컸기 때문이다. 녹현이 위에 올라탄 동민이가 주먹을 여러 번 날렸다.

픽, 픽.

"내가 왜 내 칼을 포기해야 하는데? 이 집에 좀비를 두면 괜찮은 거냐? 너희들이 좀비를 숨겨놓고 있는 게 안전한 거냐고? 이게 보자 보자 하니까! 그리고 새끼야! 암 센터든 재난 센터든 신고만 하면 되는 거 아냐!"

픽. 픽.

깔린 녹현이는 올라탄 동민에게 정신없이 두들겨 맞았다.

동민이는 학교 짱답게 매서운 주먹을 날리고 있었다. 동민이가 코피 터진 녹현이의 멱살을 잡고 상체를 들어 올렸다. 마지막 주먹을 내려치려고 오른손을 들어 올리는 순간이었다.

깡—

묘한 소리와 함께 동민이의 눈알이 뱅글뱅글 제멋대로 돌아갔다. 그리고 녹현이는 옆으로 푹 쓰러졌다.

뒤에서 순담이가 프라이팬을 들고 서 있었다.

녹현이가 동민이를 밀어내고 일어났다.

"야! 그걸로 때리면 어떡해?"

"네가 더 많이 맞았어! 바보야!"

동민이를 뒤집었다. 동민이 눈이 해롱해롱했다. 머리에는 커다란 혹이 부풀고 있었다.

"정통으로 맞은 것 같은데?"

"괜찮아! 안 죽어!"

녹현이는 상태를 살피기 위해 동민이 얼굴에 귀를 대보았다. 동민이는 잠꼬대하듯 알 수 없는 말을 중얼거리고 있었다.

"후후 크게 다친 것 같진 않다, 순담아."

"드라마에서 보면 이러다가 기억상실에 걸리더라."

예감은 틀리지 않는다고 누가 말했던가.

십 분 후, 동민이가 깨어났다.

동민이는 신기하게도 자기가 왜 녹현이 집에 와 있는지 기억해내지 못했다.

"여기가 어디지?"

"우리 집이야."

예감은 틀리지 않는다

"내가 왜 너희 집에 와 있냐?"

"엥? 너 정말 기억 안 나냐?"

"뭘?"

순담이가 끼어들었다.

"동민아, 저 방에서 본 거 기억나?"

"아, 아니."

동민이는 엄마와 아빠가 저쪽 방에서 좀비가 되어 갇혀 있다는 것도 기억해내지 못했다. 더 신기한 것은 게임에서 녹현이가 칼을 잃어버린 사실도 기억해내지 못한다는 것.

"강동민, 내 이름이 뭐지?"

"맹순담."

"그럼 내 이름은?"

"홍녹현. 이것들이 갑자기 왜 그런 걸 물어. 배고픈데 뭐 좀 먹자! 오오오, 치킨이다. 이 치킨 먹어도 되냐?"

동민이는 모든 걸 정상적으로 기억하고 있었다.

칼과 좀비만 빼고.

아빠가 엄마에게 물렸을 때의 상황

"자, 여보, 점심 먹자."

아빠가 녹말에 녹인 생선 피와 쇠고기를 스테인리스 쟁반에 올려서 방으로 들어왔다.

그러나 엄마는 색색 잠들어 있었다.

수면제를 많이 먹은 탓이었다.

어젯밤 녹현이는 아빠만 두고 학교에 가는 것이 불안해져 엄마의 아침밥에 수면제를 평소보다 좀 많이 넣어두었다. 그래서 엄마는 아직도 깨어나지 못하고 있었다.

아빠는 쟁반을 옆에 놓고 앉았다. 점심때가 지나도록 잠만 자는 엄마를 물끄러미 바라보았다.

엄마 모습은 예전과 많이 달라져 있었지만 그래도 아빠의 눈에는 여전히 아름다웠다.

아빠는 잠든 엄마 앞에서 무릎을 꿇고 진심으로 사과했다.

"여보, 정말 미안해. 당신이 나를 용서하지 않아도 좋아. 부디 예전처럼 정상으로 돌아와주기만 해. 나는 당신을 정상으로 되돌리는 데 최선을 다할 거야."

그리고 엄마 입술에 살포시 자신의 입술을 가져갔다.

이유는 하나였다.

무의식은 엄마를 너무 사랑해서 뽀뽀하고 싶은 마음이 간절하였을지 모르나 지금 아빠는 그런 생각으로 입술을 댄 건 아니었다.

아빠는 '잠자는 숲속의 공주' 이야기를 떠올렸다.

'유치하긴 하지만 먹히지 않을까?'

아빠는 자신의 키스가 엄마를 정상으로 되돌릴 수 있을 거라고 믿었다.

'사랑하는 사람의 키스가 깊은 잠을 깨운다!'

백설공주도, 잠자는 숲속의 공주도 전부 그렇게 깨어났다.

'나의 사랑 지은이도 그렇게 깨어날 수 있지 않을까?'

인간은 간혹 비현실적인 상상을 현실에 적용해서라도 꿈이 실현되길 바라는 법이다.

아빠는 밑져야 본전이라고 생각했다.

아빠 입술이 엄마 입술에 맞닿기 직전!

엄마가 눈이 떴다.

아빠가 놀라 더듬거렸다.

"여, 여보!"

아빠는 엄마에게 콱! 코를 물리고 말았다.

아빠가 엄마에게 물렸을 때의 상황

치료제

1

과거 아빠는 국민 게임인 「던전 앤드 라이온」과 비슷한 게임을 개발하기 위해 준비하고 있었다. 그래서 아빠 노트북에는 「던전 앤드 라이온」이 설치되어 있었다. 개발에 참고하기 위해서였다.

그러다가 남의 게임을 따라 하는 것보다 자기가 좋아하는 게임을 개발하는 것이 더 좋은 게임을 만들 수 있겠다는 생각에 스포츠 게임으로 바꾸어 기획했다고 한다.

그래서 순담이가 말한 것처럼 「던전 앤드 라이온」 고레벨 유저는 아니었다. 아빠 무기 창고에도 비싼 아이템은 없다. 아빠는 현질을 하지 않는다. 아빠는 그저 개발자로서 다른 회사 게임을 연구하고 살피는 정도였다.

다만 아빠가 돈을 내고 구입한 유일한 무기가 있긴 했다. 바로 캉캉 슈팅건. 아빠는 이 게임을 시작하면서 테스트 겸 돈으로 무기 아이템을 사본 것 같았다. 캉캉 슈팅건은 「던전 앤드 라이온」에서 제브라 소드처럼 우아, 하고 혀를 내보일 만큼 좋은 아이템은 아니지만 그래도 쓸 만한 아이템이었다.

녹현이는 그 총을 동민이에게 줄 생각이었다.

칼을 잃어버린 책임을 져야 했다. 동민이가 비록 기억을 잃었다고는 하지만 모른 척할 수 없었다.

"제브라 칼 대신 이거라도 받아라."

녹현이는 노트북을 열고 아빠 무기 창고에서 캉캉 총을 동민이에게 보내주었다.

개운했다.

동민이는 아마도 난데없이 보낸 녹현이 선물에 놀라워할 것이다. 동민이를 따라다니는 패거리들은 동민이의 태도에 의아하겠지만.

노트북을 덮으려는데 띠롱, 모르는 메시지가 왔다.

「던전 앤드 라이온」 속 플레이어 중 하나가 채팅창으로 보내는 메시지였다.

메시지는 영어로 쓰여 있었다.

From J: Are you feeling any better?(지금 상황은 괜찮아요?)

J라는 사람이 아빠한테 괜찮으냐고 묻고 있었다.

'J가 누구지?'

녹현이는 대답 대신 아빠가 그동안 게임 속에서 메시지를 주고받은 내역을 확인했지만, 아빠는 누구와도 메시지를 주고받은 흔적이 없었다. 대화가 끝나면 내역을 꼼꼼하게 지웠을지도 모른다.

녹현이가 답을 보냈다.

From 황소뿔: Who are you?(누구시죠?)

From J: It's Jennie.(제니예요.)

'제니? 제니가 누구지?'

From 황소뿔: Where do you live?(어디에 살고 있죠?)

From J: Dorchester, UK.(도체스터, UK.)

From 황소뿔: United Kingdom?(영국 말인가요?)

From J: YES, I told you last time.(네, 지난번에 말해줬는데요.)

아무래도 녹현이가 아빠에게 엄마를 맡기고 학교에 갔던

그날, 이 노트북으로 「던전 앤드 라이온」을 열고 J와 대화를 나눈 모양이었다.

'뭐야, 아빠가 영국 여자랑도 바람피우고 있었던 거야?'

From J: 좀비 바이러스가 한국에도 전파되었다니 놀랍군요.

'좀비 바이러스라니!'
여자친구가 아니었다. 아빠는 영국에 사는 제니와 엄마가 좀비가 된 상황에 관해 의견을 나눈 것 같았다. 녹현이는 제니가 어떻게 아빠와 연결되었는지 묻기 위해 느릿느릿 키보드를 두드리고 있는데, 제니가 먼저 메시지를 보내왔다.

From J: 내가 조사해봤어요. 지금 유럽에도 스무 명 정도가 그 바이러스에 걸린 것 같아요. 좀비 바이러스가 분명합니다. 그들은 절대로 정부나 외부에 알리지 않고 있어요. 그렇게 하는 순간 가족과는 영영 이별이에요. 그러니 당신도 가족만 조심하면 되어요.

제니는 아빠가 물렸다는 사실을 모르고 있었다.
지금 제니는 중요한 걸 말하고 있었다. 요약하면 유럽에도 엄마처럼 좀비에 걸린 사람이 있다는 것, 그들은 쉬쉬하며 각국 정부에 아직 사태를 알리지 않고 있다는 것이다.

'으, 나처럼 혼자 개고생하는 사람들이 있다는 거네.'

더디게 메시지를 입력했다.

From 황소뿔: 당신이 이 바이러스에 관해 어떻게 아는지 모르지만 나는 몹시 심각합니다. 매우 힘들어요.

녹현이는 어려서부터 엄마한테 영어를 완벽하게 배워 회화는 자신 있었지만, 노트북 자판으로 영어 단어를 입력하는 것에는 서툴렀다.

From J: 당신이 얼마나 힘든지 알아요. 우리는 경험하고 있잖아요.

'맙소사. 그렇다면?'

제니라는 사람도 가족이 좀비 바이러스에 걸렸다는 뜻이다. 아빠는 아마도 제니에게 아내가 좀비가 되었다고 알린 것 같다. 인터넷상에서 좀비 바이러스에 걸린 사람을 용케 찾았고 서로의 상황을 알려주며 대응할 방법을 모색하고 있었던 것이 분명하다.

녹현이는 자기의 정체를 밝히기로 했다.

From 황소뿔: 사실 나는 지난번에 당신과 대화했던 황소뿔이 아닙니다. 그의 아들입니다. 황소뿔은 지금 좀비가 되었습니다.

From J: OMG.(맙소사.)

영국 여자는 탄식했다. 녹현이는 왜 이런 좀비 바이러스가 생겼는지 물었다. 제니는 자신도 알 수 없다고 했다.

From J: 다만 하나 분명하게 말할 수 있는 것은 마음의 근원이 문제라는 거예요.

"마음의 근원?"

J는 인간의 스트레스가 마음에 있는 무의식을 자극해서 폭력적인 본성을 드러내는 좀비 형태로 변한 것 같다고 말했다.

From J: 어쩌면 그것은 몸을 리셋하는 것과 같아요. 바이러스가 마음의 근원을 바꾸어버리는 거죠. 그렇게 되면 체질도, 병도, 취향도 전부 바뀌는 것 같아요. 다만 인간은 대부분 마음 깊이 폭력성을 가지고 있는데, 그게 가장 크게 발현되는 거예요. 바로 좀비의 특성이죠.

From 황소뿔: 이상한 게 있어요. 엄마는 몹시 폭력적인데 아빠는 달라요. 좀비가 되었는데도 물지 못해요. 아니 무는 법을 모르는 것 같아요.

From J: 그것은 아무래도 당신 아빠의 마음의 근원이 타인을 해코지하는 것을 싫어하기 때문일 거예요. 좀비가 사람을 무는 것은 마음의 근원이 폭주해서 본성을 드러내기 때문인데 당신 아빠는 그런 사람이 아니군요. '성악설'이냐 '성선설'이냐에 따라 감염자의 특성이 달라지는 것 같아요. 물론 전적으로 내 생각입니다.

"사람의 근원대로 좀비의 특성이 달라진다?"
일리가 있었다.
엄마는 마음속에 화가 많았을 것이 분명하다. 외롭고 막막하기도 했을 것이다. 폭우가 쏟아지던 날, 기둥에 이마를 받으며 서 있던 것도 엄마의 근원이 드러난 행동이었다.

From 황소뿔: 치료법을 알려주세요.

From J: 그것 때문에 연락한 거예요. 중요한 것을 알아냈거든요!

From 황소뿔: 어떤 중요한 거요?

From J: 자립 좀비를 정상으로 되돌려야만 해요. 그러면 예속 좀비까지 정상으로 되돌아와요.

From 황소뿔: 자립 좀비? 예속 좀비?

From J: 누구를 물면 그 존재는 자립 좀비, 물린 사람은 예속 좀비입니다. 당신 엄마는 자립 좀비이고 당신 아빠는 당신 엄마한테 물렸으니 예속 좀비입니다. 당신 엄마만 정상으로 되돌리면 엄마한테 물린 아빠도 정상으로 돌아올 수 있습니다.

From 황소뿔: 엄마를 정상으로 되돌릴 방법은요?

From J: 있긴 한데요.

치료제

여기서 제니는 잠시 뜸을 들였다. 녹현이는 제니가 대화
창에서 나가면 어떡하나 걱정되었다.

From J: 자립 좀비의 첫사랑이 자립 좀비한테 키스해주면 됩니다.
내 동생 존 체이스필드도 그렇게 해서 정상으로 돌아왔어요.

맙소사.
이게 또 무슨 말인가?
엄마의 첫사랑이 엄마한테 키스하면 엄마가 정상으로 되
돌아온다고? 그러면 예속 좀비인 아빠까지 정상으로 돌아온
다? 그게 말이 되나?

From J: 그리고 존에게 물린 우리 집 크리스천 베일도 정상으로 돌
아왔고요.

From 황소뿔: 크리스천 베일? 그건 누군가요?

From J: 우리 강아지요.

제니 동생 존이 좀비가 되었을 때 강아지 크리스천 베일을 물었다고 한다. 그래서 강아지는 좀비 강아지가 되었다. 그런데 존이 첫사랑과 키스해서 정상으로 되돌아오자 존에게 물렸던 강아지도 정상으로 돌아왔다는 것이다.

그 말은 엄마의 첫사랑을 찾아 엄마를 정상으로 되돌리면 아빠도 정상으로 돌아온다는 뜻이었다. 녹현이는 고맙다고 말하고 대화를 끝냈다.

뿌연 안개 숲에서 시야가 선명해지는 느낌이었다.

'그런데 엄마 첫사랑은 어떻게 찾지?'

쉽지 않은 문제였다. 설령 찾았다고 해도 그 사람에게 좀비가 된 엄마에게 키스해달라고 하면 해줄 리가 없었다.

일단 엄마의 첫사랑부터 찾아야만 했다.

그때 머리에 스치는 무언가.

"아!"

녹현이는 벌떡 일어났다.

안방으로 갔다. 서늘한 옷방에서 녹현이는 엄마의 상자를 뒤졌다. 엄마 사진첩 중 엄마의 대학 시절 사진들을 모아둔 사진첩을 열었다.

"찾았다!"

그 사진은 여전히 거기에 끼워져 있었다.

사진 속 남자는 청 점퍼에 청바지를 입고 중간 가르마 머리를 한 앳된 모습이다. 권총 모양을 한 오른손을 턱에 갖다 대고 똥폼을 취하고 있다. 그 남자 옆에 앉은 엄마는 남자의 왼쪽 팔을 감싸고 환하게 웃고 있다. 장소는 카페 같은 어두운 곳이다.

사진을 뒤집었다.

뒷장에는 '2002, 나의 사랑'이라는 엄마 글씨.

'이 남자가 분명해. 첫사랑!'

이건 엄마가 엄마의 첫사랑과 2002년 한일 월드컵 응원을 하던 모습을 찍은 사진이 분명하다.

녹현이는 이 남자를 찾아야만 했다.

사진 속 남자는 쌍꺼풀진 눈으로 녹현이를 느끼하게 바라보고 있었다.

2

"김교광이네. 아이고, 이때가 언제냐. 참 어리다, 어려."

외할머니는 녹현이가 가지고 온 사진 속 청바지 남자를 보고 웃으며 말했다.

할머니 집 거실엔 막 제주도에서 돌아온 할머니의 짐가방이 이리저리 놓여 있었다.

다음 날 아침에 녹현이는 엄마 옷방에서 찾은 청 점퍼 남자 사진을 들고 외할머니댁으로 갔다. 엄마가 결혼하기 전의 일이니까 외할머니가 알 수도 있겠다고 생각했기 때문이다.

"이 남자 이름이 김교광이에요?"

"응, 네 엄마가 이 녀석을 아주 좋아했지."

속으로 됐다, 싶었다.

"너희 엄마, 대학교 다닐 때 이 녀석을 졸졸 따라다니다가 밤 12시가 넘어서 집에 들어오고, 일요일도 이 녀석을 만난다고 나가고, 하도 그런 일이 많아서 네 외할아버지한테 등짝도 엄청나게 맞았다."

찾았다! 엄마의 첫사랑을!

할머니는 녹현이가 가지고 온 사진 속 앳된 엄마를 보면
서 한숨을 내쉬었다.

"이 사진 찍었을 때가, 지은이가 졸업하던 해였는데, 네 엄
마, 참 고민이 많았단다. 이때 파리에 있는 대학교에서 학비
와 숙소까지 공짜로 준다며 미술 공부하러 오라고 초청했었
어. 네 엄마도 몹시 가고 싶어 했고."

"안 갔어요?"

"안 갔지. 대학원 공부를 포기하고 항공사에 취업했지."

"왜요?"

외할머니 눈에 미안함과 딱함이 고여 있었다.

"네 외할아버지가 입원하시는 바람에 못 갔지. 네 엄마는
돈을 벌어야 했어. 그래서 대학원을 포기하고 돈을 벌었지.
네 엄마, 지금 미국에 가 있는 네 삼촌 학비도 전부 보탰어. 그
뿐인 줄 아니. 사 년간 병상에 있는 네 외할아버지 수발든다
고 얼마나 고생했는데. 장거리 비행하고 한국에 오면 쉬지도
못하고 곧장 병원에 와서 나랑 교대하고 그랬다고. 아이고,
불쌍한 것. 그때 얼마나 그림을 공부하고 싶어 했는데."

"승무원 생활, 좋아했던 거 아니에요? 엄마는 텔레비전 볼 때마다 그리워하던데요. 싱가포르에 가고 싶다면서."

"좋아하지 않았어. 네 엄마는 비행하는 걸 싫어했단다."

녹현이는 의아했다. 사진 속 비행기 안에서 환하게 웃던 엄마는 행복해 보였는데 엄마가 비행하는 걸 싫어했다니.

외할머니가 말했다.

"외할아버지 돌아가시자 나도 네 엄마도 숨을 좀 돌릴 수 있었지. 그때 네 엄마는 그림 공부하러 갈 기회가 한 번 더 있었어."

"앗, 그래요?"

"네 엄마 실력을 내내 아까워한 교수가 다시 연락을 한 거야. 예전과 같은 조건을 제공할 테니 파리로 공부하러 오라고."

"갔어요?"

"아니."

"왜요? 왜 안 갔어요?"

할머니는 가만히 녹현이를 바라보았다. 그리고 녹현이 볼을 톡 치면서 말했다.

"널 임신했거든."

3

엄마의 첫사랑 주소를 외할머니가 알고 있는 건 놀라운 일이었다. 놀랍게도 외할머니는 이 사람이 사는 곳을 안다고 했다.

사진 속 청 점퍼 남자는 과거에 엄마와 같은 동네에 살던 사람이었다. 그 남자의 엄마와 엄마의 엄마, 즉 외할머니는 교회 친구였다고 한다. 그러니까 부모님들이 서로 아는 사이라는 것.

"후후, 네 엄마도 알아본 모양이구나."

외할머니는 돋보기안경을 꺼내 쓰고 스마트폰에 엄마 첫사랑의 주소를 찾으시면서 좀 이해되지 않는 말씀을 하셨다.

"얼마 전에 그 남자 주소를 알게 되었지. 보자, 스마트폰에 저장해두었는데. 아, 여기 있구나."

녹현이는 외할머니로부터 엄마 첫사랑의 주소를 받았고, 다음 날 주소에 적힌 대로 도봉산 등산로에 도착했다. 녹현이는 헉헉대며 스마트폰이 알려주는 길을 따라 등산로를 걸었다. 몇몇 아저씨들이 보였지만 등산로는 한산했다.

녹현이는 걸으면서 생각했다.

엄마가 녹현이를 임신해서 두 번째 꿈을 이룰 기회도 놓쳤다는 이야긴 좀 충격이었다. 그땐 엄마가 승무원을 그만두고 아빠와 막 결혼했을 때였다.

외국 항공사에서 좋은 조건을 제시하며 계속 남아달라고 부탁했지만, 엄마는 아빠와 결혼하기 위해 항공사를 그만두었다. 게임 회사 창업을 준비하던 아빠에게 조금이라도 도움을 주기 위해서였다고 한다. 그리고 외할아버지의 건강 문제도 있었다. 이후 아빠가 창업하고 외할아버지가 돌아가신 뒤에야 비로소 혼자만의 시간을 가지게 된 엄마에게 찾아온 두 번째 기회 역시 녹현이를 임신하면서 사라졌다.

녹현이는 화가가 되려는 엄마의 꿈이 자기 때문에 접힌 것 같아 미안한 마음이 들었다.

'아, 몰라. 미안한 건 나중이고, 우선 엄마를 되돌려야 해!'

외할머니가 적어준 주소는 산길이 끝나는 바위 앞에서 끝이 났다. 스마트폰 지도상에는 아무것도 없었다.

주변을 살피니 등산로 옆에 샛길이 보였다. 거기에는 바닥에 꽂아둔 나무판자에 '사유지 접근금지'라는 나무 팻말이 보였다. 아무래도 그 길로 가면 사람이 사는 곳이 있을 것 같았다.

녹현이는 팻말의 글에 조금 겁이 났지만 씩씩하게 그쪽으로 걸어갔다. 엄마와 아빠가 좀비가 된 지금, 더는 두려워할 게 없었다.

자작나무가 우거진 샛길을 걷자 곧 너른 지대가 나왔다. 저쪽, 비스듬한 비탈의 양지바른 곳에 작은 움막이 있었다.

꼭 귀신이 나올 것 같은 집이었다.

지붕에 방수포를 덮어놓았지만 올려놓은 돌이 몇 개 없어 방수포는 바람에 펄럭였다. 주변에는 양봉 통이 군데군데 보였다.

'대체 외할머니가 이곳 주소를 어떻게 아신 거지?'

그렇게 생각하고 있는데 움막 안에서 남자가 나왔다.

"누구쇼! 함부로 들어오지 말랬는데!"

'설마 저 사람은 아니겠지.'

엉클어진 머리, 덥수룩한 수염, 때 묻은 청바지. 아무리 봐도 사진 속 청 점퍼 남자와 다르게 생겼다. 그리고 엄마보다 훨씬 나이 들어 보인다.

남자는 녹현이가 어리다는 것을 알아차리고 바로 반말로 소리쳤다.

"넌 뭐냐? 길을 잃은 모양인데 저리 돌아 나가라. 여긴 등산로가 아니다!"

그러고는 저쪽 바위 그늘로 가더니 등을 돌리고 오줌을 쌌다.

"저기, 혹시 김교광 님 되세요?"

남자가 뒤돌아보았다.

아직 오줌이 나오는 모양인지 졸, 졸, 졸, 소리가 들렸다.

"뭐야? 너도 텔레비전 보고 온 거야? 어린놈이 공부는 안 하고!"

엥? 텔레비전?

남자는 아래를 툴툴 털고 낡은 벨트를 채우면서 돌아섰다.

"학생이 뭐 할 일이 없어서 이런 델 찾아와? 세상에, 텔레비전이 이렇게 무서운 줄 몰랐네. 야! 너하고 볼일 없다. 가라, 가. 안 가? 빨리 안 가? 확 그냥!"

"저기, 아저씨, 저는요!" 하는데 저쪽에서 남자가 중얼거리듯 말했다.

"젠장맞을, 「나는 원초인이다」 나오고부터 다 꼬였어. 야!

치료제

너처럼 찾아오는 놈들이 하루에 수십 명은 돼! 요즘 내 프라이버시가 없다고! 빨리 안 가? 콱!"

「나는 원초인이다」?

그건 텔레비전 프로그램이다.

개그맨이 산에 혼자 사는 사람들을 찾아가서 세속을 떠난 이유를 듣고 또 하루를 함께 지내며 자연인의 삶을 조명하는 프로그램.

'이 아저씨가 「나는 원초인이다」에 나왔다고?'

녹현이는 꿀꺽 침을 한 번 삼키고 그에게 다가갔다.

그 남자와 팔짱을 끼고 있는 엄마는 반으로 접어서 가린 사진을 보여주며 물었다.

"혹시 이 남자분이 누군지 아세요?"

남자는 물끄러미 사진을 보더니 코를 후비며 말했다.

"난데. 이 사진을 어찌 가지고 있냐?"

맙소사. 찾았다.

이 사람이 엄마의 첫사랑 김교광이다.

"그럼 이 여자분은 누군지 아시겠어요?"

녹현이는 접은 사진 나머지를 펼쳐 붉은 악마 티를 입고 있는 앳된 엄마를 보여주었다.

"이거 김지은이네!"

사내는 젊은 시절 엄마의 얼굴을 기억해냈다.

"네, 맞아요. 김지은 씨. 이분이 우리 엄마예요."

그러자 사내가 녹현이를 가만히 쳐다보았다.

"엥? 네가 김지은 아들이라고? 으흠, 보니까 지은이 얼굴이 숨어 있네, 오호."

사내가 누런 이를 보이며 웃었다.

"네. 아저씨를 만나러 왔어요."

"나를? 일단 들어가자."

움막 안은 생각보다 깨끗했다.

신기한 것은 구석에 말아놓은 이불도, 벽에 걸린 옷도, 걸레도 전부 청바지 천이라는 점이었다. 벽에 선반이 있었는데 거기에는 색색의 물이 담긴 유리병이 수십 개가 있었다.

"이게 다 뭐죠?"

"발효 효소야. 내가 효소를 만들거든."

"효소요?"

그는 더러운 컵 두 개를 꺼냈다.

그리고 병 하나를 열어 숟가락으로 걸쭉한 효소 원액을 컵에 나눠 담았다. 그러고는 주전자의 미지근한 물을 컵에 부었다.

"마셔라. 꾸지뽕 효소다. 효소는 우리 몸을 건강하게 한다. 세포를 생기 있게 만들지. 그래, 날 찾아온 이유가 뭐냐?"

녹현이는 입술을 질근 깨물었다.

이 남자가 엄마의 첫사랑이라면 이 남자를 집으로 데려가야 했다. 엄마에게 저 누런 이를 가진 남자의 입술이 닿게 하는 건 찝찝했지만 어쩔 수 없었다. 엄마도 괴상한 모습의 좀비가 되었으니까.

"아저씨가 우리 엄마 첫사랑 맞나요?"

"첫사랑?"

김교광은 크핫하, 한바탕 크게 웃었다.

누런 이 사이로 목젖까지 보아버린 녹현이는 한동안 밥을 못 먹겠다고 생각했다.

"왜 웃으세요?"

"킬킬킬, 네 엄마가 그러더냐? 내가 자기 첫사랑이라고?"

"엄마가 직접 그런 말을 한 건 아닌데요, 우리 할머니가 말씀하시길, 엄마가 젊은 시절에 아저씨를 많이 따라다녔다고."

"크핫하하하."

김교광 씨가 또 크게 웃었다.

"네 엄마는 내 팬클럽 회장이었다."

"네에?"

"몰랐냐? 나, 왕년에 인기 가수였어. 「가요톱텐」에 4주 연속 1위를 한 청바지 가수."

"가, 가수요?"

"「내 청바지 입고 가면 난 어쩌라고」라는 노래 모르냐?"

녹현이는 처음 들어보는 노래였다. 제목을 들으니 알고 싶지도 않았다.

"스마트폰 있지? 꺼내봐."

"네?"

김교광 씨는 녹현이 스마트폰을 낚아채더니 유튜브로 오래된 화질의 영상 하나를 보여주었다.

영상 속에는 로커처럼 긴 머리를 한 남자가 청바지를 입고 어깨에 기타를 멘 채 노래를 부르고 있었다. 뒤에 코러스들은 청바지를 어깨에 두르고 노래를 따라 부른다.

야, 너 내 청바지를 입고 달아나면 어떡하니?
내가 아끼는 하나밖에 없는 청바지를
네가 입고 가면 어떡해

야, 너 내 청바지를 입고 달아나면 어떡하니?

너도 엄마한테 사달라고 하지 남의 청바지를

네가 입고 가면 어떡해

엄마가 사 준 비싼 청바지, 나만의 진청색 청바지

엄마가 사 준 비싼 청바지, 나만의 찢어진 청바지

요즘 청바지는 너무 비싸, 요즘 청바지는 양복값이야

요즘 청바지는 전부 외제, 요즘 청바지는 구둣값이야

'으악, 가사가 뭐 이래? 완전 촌스럽잖아!'

그는 영상을 흐뭇하게 보다가 지그시 눈을 감았다. 마치 오래전 영광을 음미하는 것 같았다.

"어떠냐? 한때 이 노래가 전국을 휩쓸었다는 거 아니냐. 「가요톱텐」 4주 연속 1위. 5주째는 조용필이 신곡을 들고 나와서 2위를 했지. 지금 내가 입고 있는 이 청바지도 그때 협찬받은 거야. 전국에서 모든 청바지 회사가 나한테 바지를 보냈다니까! 평생 입어도 모자랄 양이었지."

구석에 담요가 되어 널려 있는 저 청바지 천도 바로 협찬받은 것들을 뜯어서 만든 것이라고 했다.

"그, 그러니까 엄마가 아저씨 팬클럽 회장이었단 말이죠?"

"응, 아주 열심히 했지. 김지은이는 서울지부 회장이었어. 캬, 소녀 시절 지은이는 참 이쁘고 발랄했지. 똑똑했고 말이야. 한마디로 꿈 많은 소녀였어. 그래, 지은인 잘 지내지?"

"아, 네, 네."

맙소사. 이건 예상하지 못한 일이었다.

엄마가 이 촌스러운 청바지 아저씨의 팬이었다니. 사진 뒷면에 좋아한다고 적은 것도 팬심으로 써놓은 것이었다. 팬으로 좋아하는 것과 첫사랑은 엄연히 다르다.

청바지 가수 김교광 씨가 말했다.

"지은이 엄마와 우리 엄마가 교회 친구이기도 했지."

"외할머니도 그렇게 말씀하셨어요."

"그러냐? 두 분은 우리가 사귀는 줄 알고 우릴 엄청나게 감시했어. 하지만 나는 지은이와 그렇고 그런 사이가 아니야. 내 사랑은 오직 음악뿐이었으니까! 당시 나는 음악을 선택했지. 지금은 효소를 선택했고!."

"후, 훌륭하신 선택이시네요."

청바지 가수는 또 한바탕 크게 웃었다. 그러다가 뭔가 생각난 듯 턱을 긁었다.

"아, 그러고 보니 지은이는 당시 좋아하는 남자가 있었어."

'앗.'

녹현이는 다시 생기가 돌았다.

'그렇지. 이렇게 끝나면 안 되지.'

"아저씨는 우리 엄마 첫사랑이 누군지 아시는군요?"

"그럼! 당연히 알지. 크핫하하하."

오오오!

녹현이는 엄마의 진짜 첫사랑을 찾을 수 있다면 이곳에 온 보람이 있다고 생각했다.

김교광 씨가 말했다.

"김지은이가 아주 예뻤거든. 전국에서 온 내 팬 중 남자들은 나보다 김지은이를 더 좋아하는 놈들이 수두룩했었으니까. 그런데 지은이는 그놈들 추파에 절대로 넘어가지 않았어."

"으흠, 그렇겠죠. 김지은 씨는 당시 사귀는 남자가 있었을 테니까요. 첫사랑요!"

"그렇지."

"누구죠? 엄마의 첫사랑이?"

"지은이가 좋아하는 사람은 딱 둘이었다. 하나는 바로 나, 싸나이 김교광이고, 또 하나는 바로 지은이 대학교 선배인 홍동진!"

녹현이는 저도 모르게 들고 있던 효소 차가 담긴 컵을 떨어뜨릴 뻔했다.

홍동진.

바로 녹현이 아빠 이름이었다.

녹현이는 다시 낙담했다.

'엄마, 김지은 씨의 첫사랑이 바로 아빠 홍동진이었다니.'

엄마는 지금 첫사랑과 함께 갇혀 있었다.

좀비가 된 첫사랑과 함께.

감염된 존 체이스필드와 크리스천 베일이 완치된 과정

제니는 동생 존의 방문을 열어보았다.

존은 제니가 침대 옆에 설치한 창살 안에 묶인 채 앉아 있었다. 제니를 노려보는 존의 눈은 매서웠다. 이마와 볼은 눈처럼 하얘서 마치 핼러윈 파티에 막 가려는 모습 같았다. 옆에 함께 묶인 크리스천 베일도 제니를 보며 그르르릉, 이를 드러냈다. 크리스천 베일의 부드럽던 금빛 털은 이제 제멋대로 엉켜 있었다.

제니는 존을 찰스에게 보여줄 수 있을지 고민했다.

지금 아래층 거실에는 존의 절친 찰스가 찾아와 존을 보기 위해 기다리고 있었다.

"존이 여행간 지 석 달이 지났는데, 한 번도 연락이 없어서요. 그래서 왔어요."

"아, 하하. 이집트 여행이 무척 즐겁나봐."

"제니, 제발 부탁인데 존을 만나게 해주세요. 존이 이 집에 있는 걸 알아요. 저는 본능적으로 느껴요. 제발 부탁이에요."

제니는 찰스가 존이 이집트 여행을 가지 않은 것을 알고 찾아왔다는 것을 깨달았다.

찰스에게 거짓말을 할 수 없었던 제니는 잠시 기다려달라고 부탁하고 존의 상태를 보기 위해 2층으로 올라왔다.

존이 좀비 바이러스에 감염된 것은 석 달 전이었다.

존은 올해 초, 고등학교를 졸업한 후 집에서 5마일쯤 떨어진 매슈 아저씨 농장에서 젖소 키우는 일을 했다.

어느 날, 비를 흠뻑 맞으며 돌아온 존은 이틀 내리 잠이 들었다. 그리고 깨어나니 저렇게 좀비가 되어 있었다. 존은 턱과 입 주변에 침과 알 수 없는 액체를 질질 흘렸다.

크리스천 베일 또한 존의 입술에 묻은 그 진득한 액체를 핥다가 그만 존에게 물렸다.

처음에는 존이 크리스천 베일을 물어뜯는 줄 알았다. 하지만 본능이었을까? 존은 자기가 가장 사랑하는 개를 죽이지 않았다. 그저 등 부분에 송곳니를 콱 쑤셔 넣고는 금세 뺐다. 순하디 순한 골든 리트리버 크리스천 베일은 세상에서 가장 사나운 개가 되어 제니에게 긴 송곳니를 드러냈다.

제니는 매슈 아저씨에게 존이 당분간 농장에 나가 일을 하지 못한다고 전했다.

감염된 존 체이스필드와 크리스천 베일이 완치된 과정

"어디가 아프냐?"

"아니요. 이집트로 여행 간대요."

"갑자기 웬 이집트냐?"

"아, 이집트 미라 만드는 기술을 배우고 싶다나 뭐라나. 하하."

"하하하. 존 그 녀석, 의외로 재미있는 구석이 있군. 좋다. 농장 일은 바쁘지 않다."

매슈 아저씨는 흔쾌히 수락했다.

이후, 제니는 존과 크리스천 베일을 방에 가두고 지금껏 지냈다.

의료 사이트에서 갖은 방법을 찾아보았지만 동생과 같은 증상은 찾을 수 없었다.

그러다가 프랑스 여행 중에 만난 프랑스인 친구 작 크리스토퍼가 감염학 박사학위를 가지고 있다는 사실을 기억해내고 연락했다. 작 크리스토퍼는 프랑스 질병관리청에서 연구원으로 일하고 있었다. 제니는 작과 메신저 대화를 하던 중, 유럽에 조용히 좀비 바이러스가 퍼지고 있다는 사실을 들었다. 증상을 들어보니 존과 같았다. 작은 충고했다. 동생의 증상을 세상에 알려선 안 된다고.

존에게는 친한 친구 찰스라는 아이가 있었다.

둘은 매슈 아저씨 농장에서 함께 일했다. 찰스는 존이 자기에게 연락도 없이 여행을 갔다는 사실이 믿기지 않는다며 이렇게 불쑥 집에 찾아왔다. 찰스는 존과 어린 시절부터 늘 단짝으로 지냈기에 눈빛만 봐도 존이 무슨 생각을 하는지, 어떤 음식을 먹고 싶은지 아는 친구다.

찰스는 소심한 성격이어서 친구가 없었다. 그래서 자신을 잘 챙겨준 존을 무척 따르고 있었다. 둘이 졸업 후 함께 일하는 매슈 아저씨네 농장은 찰스 아버지가 알아봐준 일자리였다. 매슈 아저씨는 찰스 아버지와 사촌 간이었다.

찰스는 존이 이집트 여행을 가지 않았다고 생각한 모양이었다. 그래서 찾아와서는 다짜고짜 존을 보여달라고 말하고 있었다.

제니는 어쩔 수 없이 찰스에게 존을 보여주었다.

존을 묶어두었기에 위험하진 않았다. 존을 본 찰스는 눈물을 줄줄 흘렸다.

"존과 둘이 있고 싶어요."

"찰스, 네 마음은 알겠지만 위험해. 나도 존의 저 상태가 어떻게 진행되는지 모르는 게 많아."

"제니, 제발 부탁이에요."

"오 분 동안만이야. 더는 안 돼. 위험해."

제니는 찰스를 그 방에 남겨두고 방을 나왔다.

시간이 흘렀지만 찰스는 나오지 않았다.

감염된 존 체이스필드와 크리스천 베일이 완치된 과정

제니는 방문을 열었다. 그런데 맙소사, 찰스와 존이 서로 부둥켜안고 키스하고 있는 것이 아닌가! 더 놀라운 것은 세상에서 사장 사나운 개였던 크리스천 베일이 순둥이 같은 눈으로 제니를 보며 꼬리를 흔들고 있다는 것.

"누나, 나 정상이야!"

존은 찰스와 어깨동무하고 놀란 채 서 있는 누나 제니를 바라보며 환하게 웃었다.

제니는 믿을 수 없었다.

'찰스와 키스한 후 존이 다시 인간으로 되돌아오다니!'

그날 저녁, 제니는 찰스와 존이 애인 사이인 것을 들었다. 둘은 서로의 첫사랑이었다.

제니는 당장 노트북을 열고 작 크리스토퍼에게 연락했다.

"작, 내가 엄청난 걸 알아냈어. 첫사랑과 키스하면 좀비 바이러스 감염 상태에서 해제돼! 그리고 그 좀비에게 물린 대상도 전부 해제돼!"

J의 대안

1

From J: 으흠, 그러니까 엄마의 첫사랑이 다름 아닌 아빠였군요.

From 황소뿔 : 그래요. 지금 두 사람은 한 방에서 서로 으르렁거리고 있어요. 서로 물지는 않지만, 사이는 그다지 좋아 보이지 않아요.

From J: 당연하죠, 좀비니까. 좀비는 사랑을 몰라요.

From 황소뿔: 두 좀비를 키스하게 할 방법이 있을까요?

From J: 글쎄요, 아무래도 없을 것 같은데…….

From 황소뿔: 두 좀비의 입술에 피를 바르면 냄새를 맡고 서로의 입술을 핥아대지 않을까요?

From J: 그러기 전에 스스로 먼저 핥아 먹을걸요.

제니는 그렇게 답하고는 뭔가를 생각하는지 몇 분 동안 글을 올리지 않았다. 그러다가 긴 장문의 글이 올라왔다.

From J: 제가 예전에 말했죠. 좀비 바이러스에 걸린 인간이 첫사랑과 키스하면 원래대로 되돌아온다고. 제 동생 존이 그랬으니까요. 그 이유가 무엇일 것 같아요? 아마도 인간에게 가장 중요한 지점을 상기하게 해서 마음의 근원을 건드리는 거예요. 비유하면, 오래된 연못 바닥 진흙에 덮여 있는 바위를 건드려 흙탕물로 만드는 것과 같아요. 즉, 연못의 평온을 자극하는 거죠. 사랑 중에는 첫사랑이 가장 강렬하니까 첫사랑이 키스하면 좀비가 된 신체가 강력하게 흔들리게 되고 그러면 다시 정상으로 되돌아온다는 거죠. 그래서 첫사랑을 찾아 키스하라고 조언한 거예요.

From 황소뿔: 알 것 같기도 하고 모를 것 같기도 하네요.

From J: 어려운 거 없어요. 인간이 가장 행복하던 시절을 떠올리게 해서 인간성을 되살리면 되는 거예요. 당신 엄마의 엔도르핀 수치가 가장 높을 때의 기억, 즉 행복한 감흥을 떠올리게 해서 좀비 상태에서 벗어나게 해야 한다는 거죠. 꼭 첫사랑과의 키스가 아니어도 된다는 말이에요.

From 황소뿔: 이해가 가요.

From J: 첫사랑만큼 강력한 기억이나 경험을 떠오르게 하면 같은 효과를 일으키는 거죠. 그렇게만 되면 엄마의 신체가 변화할 거예요. 전혀 다른 신체가 돼요. 정화작용이죠. 마치 새로운 옷을 입은 거랄까.

제니의 설명에 따르면 보통 사람은 첫사랑이 인생의 가장 흥분되는 경험이고 그로 인해 강력한 엔도르핀 수치를 올릴 수 있다.

좀비가 된 엄마에게 첫사랑과의 키스가 아니더라도 그와 비슷한 강렬한 자극을 주면 엄마 신체가 새롭게 변할 수 있다는 거다.

From 황소뿔: 그러면 엄마가 가장 기뻤거나 행복했거나 마음에 강렬한 자극이 왔던 시간을 떠올리면 되겠네요.

From J: 맞아요.

From 황소뿔: 어쩌면 슬펐던 기억도 자극을 줄 수 있겠군요.

From J: 슬프거나 충격을 받은 것보다는 행복했던 때를 떠올리는
게 더 효과적이겠죠. 인간은 슬픔보다 기쁨에 더 강력한 엔도르핀
수치가 올라가니까요.

From 황소뿔: 그렇겠죠. 유용한 정보를 알려줘서 고마워요.

From J: 그럼 엄마 아빠를 꼭 인간으로 되돌리길 바라요. 바이.

노트북을 닫고 생각했다.
'엄마가 가장 행복했던 기억을 찾아야 할 텐데.'
갑자기 뭔가가 떠오른 녹현이는 옷방으로 달려갔다. 다급
하게 서랍 주변을 뒤졌다.
"어딨더라, 그게?"

통장은 사진첩들이 꽂힌 선반 위에 그대로 있었다. 펼쳐 보니 동그라미 일곱 개, 그 앞에 1이 딱!

1천만 원이 입금되어 있다.

엄마가 싱가포르 여행을 가기 위해 몰래 모은 돈이다. 통장 겉면에 쓰인 글씨.

'나만의 싱가포르 여행을 위해서.'

아마도 엄마는 혼자 여행을 가려고 했을 것이다. 이건 가정이라는 구속에서 벗어나고 싶다는 엄마의 바람에서 저축한 돈이다.

'그래, 이 통장이야. 이 통장을 보여주면 엄마가 예전 기억을 떠올릴 거야. 엄마한테 싱가포르에 갈 수 있다고 말해주는 거야. 그럼 엄마 두뇌가 자극되어서 정상으로 돌아올지도 몰라.'

녹현이는 통장을 들고 엄마 아빠가 있는 방으로 갔다.

쇠사슬에 묶인 두 좀비는 녹현이한테 달려들지 못해 펄쩍펄쩍 뛰며 발광해댔다. 어제 하루, 도봉산에 다녀온다고 집을 내내 비워 둘 다 민감해진 탓이었다. 아빠는 자꾸 녹현이 발을 핥으려고 얼굴을 들이대며 귀찮게 했다.

'아빠는 예속 좀비니까 저리 좀 비켜요.'

녹현이는 엄마 코앞에 통장을 내밀었다.

"이거 엄마가 싱가포르에 가려고 모아둔 돈이에요. 기억 나죠?"

엄마는 통장을 바라보았다.

"제발 예전으로 돌아와요. 그러면 이 돈으로 다시 싱가포르에 갈 수 있어요! 저는 안 따라갈게요. 엄마 혼자 가서 자유롭게 즐기다 오세요!"

녹현이는 엄마 반응을 기다렸다.

옆에서 아빠가 미친 듯이 날뛰고 있었지만, 엄마는 정지된 것처럼 가만히 있었다. 방 안에는 오직 녹현이와 엄마만 있는 것 같았다.

두 사람은 각자의 시선에 집중했다.

엄마는 통장을. 녹현이는 엄마의 눈을.

점점 좁쌀 같던 엄마 눈동자가 커지고 있었다. 눈동자는 동그라미를 하나하나 세는 것 같았다. 저 작은 눈동자가 점점 부풀어서 구슬처럼 커지면 엄마는 진짜 인간이 되는 것이다.

역시 반응이 있었다. 풍선이 부풀 듯 눈동자가 커지고 있었다. 동시에 송곳니는 점점 작아지는데…….

'됐다! 됐어! 인간으로 돌아가는 중이야. 통장이 먹히고 있어!'

녹현이는 속으로 쾌재를 불렀다.

그러다가, 엄마의 눈은 다시 작아지기 시작했다. 송곳니도 다시 커지기 시작했다.

'어, 뭐야, 다시 좀비로 돌아가잖아!'

반쯤 인간으로 변하던 엄마 모습이 무언가에 딱 막힌 것처럼 다시 좀비로 되돌아가고 있었다. 엄마의 눈에 살기가 돌았다.

다급해진 녹현이가 통장 겉면의 글씨도 보여주었다.

"여기 봐요. 엄마가 싱가포르에 가겠다고 써놨잖아요. 어서 예전처럼 돌아와서 비행기를 타러 가요! 여기, 엄마의 자유가 눈앞에 있다고요!"

"카야쓰무리!"

엄마가 통장을 빼앗더니 갈기갈기 찢었다. 엄마는 찢은 통장을 물어뜯고 뱉고 발광했다.

실패였다.

녹현이는 찢은 통장을 대충 모아들고 방을 나왔다. 통장은 효과가 없었다. 1천만 원의 싱가포르 여행은 첫사랑의 키스보다 약했던 것일까?

몇 조각으로 찢어진 은행 통장을 보며 녹현이는 고개를 갸웃했다.

"왜 갑자기 변하다가 만 거지?"

찢어진 통장을 살피며 녹현이는 고개를 갸웃했다. 아무리 생각해도 이유를 모르겠다. 그때 녹현이 눈에 어떤 조각 하나가 눈에 들어왔다.

자세히 보니 글씨 옆에 생쥐 눈물만 한 크기의 글씨가 있었다. 스마트폰으로 사진을 찍어 확대해보았다. 이런 글이 쓰여 있었다.

'나만의 싱가포르 여행을 위해서. 홍동진의 여행을.'

"하, 이것 때문이었구나!"

'홍동진의 여행을.'

이 통장은 엄마가 혼자 싱가포르 여행을 가려고 만든 통장이 아니었다.

그건, 아빠가 엄마 몰래 모아둔 비상금 통장이었다.

2

"어디 있지? 그게 어디 있는 거야?"

녹현이는 지금 엄마 옷방에서 2G 폴더폰의 충전 케이블을 찾고 있었다. 통장의 충격이 가시기도 전에 녹현이는 또 다른 기막힌 생각을 해냈다.

바로 엄마의 폴더폰.

엄마 폴더폰에는 외할아버지의 미소가 있었다. 외할아버지를 끔찍이도 사랑해서 파리로 가지 않고 직장을 택했던 엄마였다.

'엄마가 돌아가신 할아버지를 보고 싶어 하지 않을까?'

그 영상을 보여주면 아무리 좀비라도 마음이 흔들릴 거라고 생각했다.

엄마의 폴더폰은 켜지지 않았다.

얼마 전 발견했을 때 녹현이가 켜본 게 배터리를 전부 닳게 한 모양이었다. 충전하려면 여기에 맞는 충전용 케이블이 있어야만 했다. 녹현이는 엄마 옷방에 있는 물건을 전부 들어내고 하나하나 뒤졌다.

"찾았다!"

옷방에 쌓아둔 상자 중 검은색 나이키 신발 상자. 거기에는 엄마와 아빠가 과거에 쓰던 휴대전화의 전선들이 전부 들어 있었다. 그중에 엄마의 폴더폰을 충전하는 20핀 충전 케이블도 있었다.

두 시간가량을 충전했다.

녹현이는 배터리가 가득 찬 폴더폰을 높이 쳐들었다.

"그래, 이거야. 이거면 게임 끝이야. 디 엔드!"

방으로 가 엄마 앞에서 폴더폰 영상을 재생했다. 영상은 한창 할아버지가 수줍어하며 엄마의 요구에 답하는 장면이 흐르고 있었다.

— 지은아, 사랑한다. 됐냐?

— 아빠, 병 이겨내실 수 있죠?

— 그럼.

— 아빠, 약속하는 거예요. 꼭 완치해서 건강해지기로.

— 그래, 약속한다.

— 파이팅 한 번 외치시고!

— 파이팅.

병을 이기겠다며 파이팅을 외치는 할아버지의 미소를 보고 있는 좀비 엄마의 얼굴은 곧 흠뻑 젖어들었다. 엄마는 눈물에 콧물까지 줄줄 흘리고 있었다.

'오호, 엄마가 운다, 울어! 슬프다는 건 인간의 감정이잖아!'

녹현이는 응원했다.

'엄마, 외할아버지 생각나죠? 엄마의 아빠 말이에요. 여기, 액정을 봐요. 엄마가 그토록 보고 싶었던 외할아버지가 웃고 있잖아요. 그러니 엄마, 인제 그만 진짜 엄마로 돌아와요!'

영상이 끝났다.

엄마는 멍하게 있었다.

녹현이는 엄마를 관찰했다.

엄마는 몸을 부르르 떨었다. 몸속 깊은 곳에서 일어나는 변화를 느끼는 것 같았다.

'오호호, 변화가 일어나고 있어!'

그런데 그게 다였다. 엄마는 가만히 서서 멀뚱거리기만

했다.

'영상 하나로는 좀 약한가? 하나 더 틀어볼까?'

그때!

엄마가 다시 부르르 떨었다. 그러더니,

녹현이가 들고 있는 폴더폰을 낚아챘다. 엄마는 폴더폰을
벽에 던졌다.

2G 폴더폰이 박살이 났다.

"어, 엄마!"

"캬캬, 크크샤아악, 퐤에엑."

엄마는 박살이 난 폴더폰을 쿵쿵 밟아대기 시작했다. 옆
에 있던 아빠도 흥분해서 함께 폴더폰 잔해들을 밟기 시작했
다. 그러다가 발에 부품이 박히자 폴짝폴짝 뛰어댔다. 엄마는
폴더폰 잔해를 흩뜨리고 씹어대고 던지고 생난리를 부렸다.

'또 실패야? 이번에는 적중했다고 생각했는데.'

외할아버지의 웃는 모습도 엄마를 정상으로 돌아오게 하
지 못했다. 그러다가 녹현이의 머리를 스치는 외할머니의 말.

'그뿐인 줄 아니. 사 년간 병상에 있는 네 외할아버지 수발
든다고 얼마나 고생했는데.'

녹현이는 깨달았다.

사 년간의 외할아버지 수발이 엄마한테는 잊고 싶을 만큼 힘들고 지긋지긋했다는 것을. '긴 병시중에 효자 없다'라는 말도 있지 않은가.

'외할아버지 영상이 행복한 기억이 아닌 되레 힘든 기억을 꺼내게 했던 거네.'

힘이 빠져 멍하게 눈을 껌뻑였다.

녹현이는 엄마의 대학생 시절과 승무원 시절의 사진첩도 하나하나 보여주었지만 엄마는 아무런 반응이 없었다.

녹현이는 털썩 주저앉았다.

이제 맞설 힘이 없었다. 해볼 건 다 해본 거다. 더는 어찌할지 아무 생각이 떠오르지 않았다.

그때 아빠가 괴성을 지르기 시작했다.

"크아야악."

무슨 이유인지 모르지만 좀비 엄마가 좀비 아빠를 넘어뜨렸다. 엄마는 급기야 넘어뜨린 아빠를 정신없이 때리기 시작했다.

그것은 신뢰를 저버린 아빠를 응징하려는 엄마 내면의 몸부림 같았다. 아빠는 낑낑대며 고개를 숙이고 때리는 대로 맞고 있었다. 아빠는 바람피운 것에 대한 죗값을 치르겠다는 듯 엄마의 날 선 행동을 묵묵히 받아냈다.

투닥거리는 소리, 꽥꽥 짐승 같은 소리.

녹현이가 드디어 역정을 냈다.

"아, 그만 좀 해요! 제발 원래대로 좀 돌아오라고요! 제발!"

녹현이 고함에도 둘은 멈추지 않았다.

녹현이는 엄마가 좀비가 된 이후 처음으로 소리 내어 엉엉 울었다.

3

"웬일이냐?"

"야, 순담아. 빨리 우리 집으로 좀 와라!"

"왜?"

"전화로 말할 상황이 아냐. 빨리 와! 와서 이야기해!"

뚝. 전화가 끊겼다.

그로부터 오 분 후.

녹현이네 집에 초인종 소리가 울렸다. 현관문을 열자 키티 그림이 그려진 분홍색 헬멧을 쓴 순담이가 서 있었다. 순담이는 원동기장치자전거 면허증이 없는데, 부모님 몰래 스쿠터를 타고 온 것 같았다.

순담이가 헬멧을 벗으며 투덜거렸다.

"야! 급하다는 게 뭔데? 어? 야, 홍녹현 너 울었어?"

녹현이는 퉁퉁 부은 눈을 하고 있었다.

순담이가 녹현이 어깨에 손을 대자 녹현이는 주르륵 주저

앉았다. 순담이가 함께 쪼그리고 앉아 녹현이 얼굴을 들었다.

"왜? 무슨 일이 있는 건데?"

"……엄마가 사라졌어!"

"엥? 언제?"

녹현이는 힘없는 소리로 말했다.

"어제 엄마가 아빠를 몹시 때리기에 둘이 분리했는데 아침에 일어나보니 엄마가 방에서 사라졌어."

"어떻게? 현관문을 열어놨었냐?"

녹현이는 대답 대신 서재를 가리켰다.

순담이는 서재로 들어가 보았다. 녹현이가 끼워둔 창문형 에어컨은 방바닥에 떨어져 있고 창문도 깨져 있었다.

순담이가 창밖을 내려다보았다. 까마득하게 아래로 화단의 나무들이 보였다.

"여기로 나갔다고? 아무리 좀비라도 여기서 떨어지면 무사하지 못할 텐데?"

녹현이는 통통 부은 눈으로 멍하게 있기만 했다.

"아저씨는?"

"욕실에 가둬놨어."

"일단 내려가보자."

둘은 화단으로 내려갔다.

흙 묻은 엄마 발자국이 화단 밖으로 나 있었지만 곧 아스팔트에서 분간하기 어려워졌다. 주변을 살피다 녹현이네 아파트와 옆 단지 아파트를 경계 짓기 위해 만든 장미 넝쿨 담장 아래에서 엄마의 것으로 보이는 발자국을 발견했다.

"이거야! 이거 엄마 자국이야. 큰일이야. 아파트 밖으로 나가신 것 같아."

"아직 근처에 있을 거야. 가자!"

둘은 지하 주차장으로 내려갔다. 헬멧을 쓰고 스쿠터에 올랐다. 순담이가 핸들을 잡았고 녹현이가 뒤에 탔다. 스쿠터를 타면 안 된다는 걸 알지만 마음이 다급했다. 엄마가 다른 사람을 물어서 일이 커지는 게 더 위험할 것 같았다.

정신없이 동네를 돌았다.

소방 도로를 지나는 사람은 아무도 없었지만, 순담이는 스쿠터를 천천히 몰았다. 녹현이는 조급해졌다.

"야! 뛰는 게 낫겠다."

"시끄러워. 나 면허 없단 말야. 그래도 뛰는 것보단 나아!"

둘은 파출소를 기웃거렸고, 학원 가는 아이들에게 물어보기도 했다. 편의점에도 들렀다. 정육점 상철이 형도 엄마를 보지 못했다며 고개를 가로저었다.

저녁 7시.

거리에서는 퇴근하는 사람, 장거리를 사서 집으로 가는 사람, 학원에서 돌아오는 학생, 장사를 접는 트럭 상인 등 많은 이들이 분주하게 움직이고 있었다. 오직 녹현이만 세상이 멸망한 것 같은 표정을 짓고 있었다.

그러기를 두 시간이 더 흘렀다. 엄마는 보이지 않았다.

"그만 세워."

뒤에서 녹현이가 힘없이 말했다.

순담이가 갓길에 스쿠터를 세웠다.

"잠깐만 이렇게 있을게."

뒷자리에 앉은 녹현이는 헬멧 쓴 머리를 순담이 등에 기댔다. 순담이는 등을 빌려준 채 가만히 있었다. 그렇게 있자니 녹현이가 흐느끼고 있다는 것을 알 수 있었다. 둘은 한참 그렇게 있었다.

스쿠터 옆으로 많은 사람들이 지나갔다. 누군가에게 고백받은 것인지 장미꽃을 한 아름 안은 여자가 지나가자 순담이가 말했다.

"이제 집으로 가자. 아저씨 혼자 계시잖아."

녹현이는 순담이 등에 머리를 박은 채 고개를 끄덕였다.

"꽉 잡아. 간다."

순담이가 스쿠터 손잡이를 돌리며 시동을 걸었다. 아까 본 장미꽃을 안은 여자를 지나칠 때, 녹현이가 외쳤다.

"돌려!"

"돌려? 어디로?"

"할머니!"

"할머니?"

"외할머니 집으로 가야 해!"

녹현이는 젊은 여자가 들고 있는 장미꽃을 본 순간 깨달았다. 엄마가 어디로 갔는지를.

외할머니는 녹현이 아파트 옆 단지의 장미아파트에서 사신다. 엄마 발자국이 찍힌 화단의 담장 너머에는 외할머니가 사는 아파트가 있었다.

엄마가 갈 곳은 거기뿐이었다.

눈을 떴다.

닫힌 창으로 희끄무레한 빛이 퍼지고 있었다.

시계를 보았다. 새벽 6시였다.

엄마는 녹현이가 깔아놓은 배변 패드 위에 반듯하게 앉았다.

"녹현이 아침 준비를 해야 하는데."

엄마가 중얼거렸다.

놀랍게도 엄마는 지금 좀비 상태가 아니었다.

수면제 때문이었다.

수면제는 엄마의 뇌신경을 급격하게 마취시켜 잠들게 하지만, 잠드는 동안 엄마의 일부 이성을 살아나게 만드는 아이러니한 작용을 했다.

천성적으로 엄마는 수면제에 약했다. 감기약만 먹어도 병든 병아리처럼 잠이 든다. 그래서 약국에 가서도 약사에게 졸리게 하는 감기약은 빼달라고 부탁한다.

좀비 바이러스에 감염되어도 엄마가 수면제에 취약한 건 그대로였다.

수면제에 취하면 잠든 엄마의 뇌는 몽롱해지고 의식을 잃는데, 무슨 이유에선지 일부분, 아주 미약한 일부분은 되레 좀비 바이러스의 영향에서 벗어나 정상적으로 작동하기 시작했다.

시상과 대뇌변연계가 바로 그곳이었다.

그곳만은 수면제를 먹으면 정상적인 상태가 되었다. 인간의 뇌는 여러 부위로 나뉘어 각자의 역할을 한다는 것을 증명하는 것이기도 했다.

그렇다면 수면제를 먹지 않으면?

엄마의 신체와 뇌는 100퍼센트 좀비화된다. 시상과 대뇌변연계 역시 좀비화된다.

즉 좀비인 엄마가 수면제를 복용하면 좀비 뇌 중 일부가 정상으로 돌아가는 것인데, 그것은 수면제가 좀비 바이러스와 만나 부작용을 일으켜 발생한 현상이었다.

그러나 이건 그리 유용한 작용은 아니었다.

엄마의 뇌 일부가 아무리 정상이 되어 있더라도, 엄마 신체는 수면제에 취해 드르렁드르렁 코를 골며 자고 있으니까 말이다.

그런데 지금, 엄마는 놀랍게도 깨어 있었다.

이 시각, 이 상태는 굉장히 특이한 상황이었다.

수면제에 취해 정신없이 자고 있어야 할 엄마의 신체가 혈당이 떨어져 갑작스레 깨어나게 되니 엄마는 정상이 되어 있었다.

지금 상태는 천 번, 아니 만 번에 한 번 있을까 말까 한 특수한 상황이었다.

아마도 수면제 효과가 떨어지면, 곧 엄마의 뇌는 시상과 대뇌변연계를 포함해 전 영역 다시 좀비로 되돌아갈 것이었지만 지금 새벽 폭우가 내리는 이 순간의 엄마는 정상적인 생각을 할 수 있었다.

엄마는 발목에 묶어놓은 커튼 줄을 조용히 풀었다.

엄마는 자신이 좀비가 되어 있고 아들이 자기 때문에 힘든 시간을 보내고 있다는 것을 알고 있었다.

엄마는 조용히 일어나 녹현이 방으로 갔다.

녹현이는 새근새근 잠들어 있었다. 녹현이의 얼굴에는 피곤함과 걱정이 스며들어 있었다. 간혹 "엄마" "아빠"를 부르며 잠꼬대를 했다.

엄마는 눈을 꼭 감았다.

곧 수면제 효과가 떨어지면 자신은 다시 광폭한 좀비로 돌아간다는 것을 본능적으로 느꼈다. 엄마는 지금 이 짧은 순간이 신

창틀에 걸터앉은 엄마가 하늘을 바라보며 한 생각

이 준 선물인 것 같았다.

살포시 녹현이 이마에 입맞춤했다.

그리고 엄마는 자기가 있던 방으로 돌아갔다.

창문을 열었다.

녹현이가 끼워둔 창문형 에어컨을 뜯어냈다. 엄마는 창틀에 올라앉았다.

여명이 밝아오기 직전이었다.

저 구름들은 곧 금빛을 뿌리는 아침노을에 젖어 들고 세상은 분주하게 새날을 맞이할 것이었다.

두 다리를 휘저으니 종아리 사이로 바람이 시원하게 느껴졌다.

엄마는 다시 좀비가 되기 전에 얼른 뛰어내리자고 생각했다.

그래야 한다고 엄마는 생각했다.

다시 좀비가 되기 전에.

엄마의 비밀

1

외할머니가 사는 아파트 앞에서 스쿠터를 멈췄다. 공동 현관에는 아니나 다를까 흙이 묻은 맨발 형태의 자국이 보였다.

외할머니 집은 1층이다. 발자국은 계단을 따라 할머니 집 앞까지 이어져 있었다.

엄마는 동네를 돌아다니지 않고 곧장 이곳으로 온 게 틀림없었다. 녹현이는 한편으로 다행이라고 생각했지만, 또 한편으로는 외할머니가 걱정되었다.

초인종을 눌렀다. 응답이 없다. 계속 눌렀다. 급기야 녹현이는 쾅쾅 문을 두들겼다.

"할머니, 저예요. 문 열어주세요!"

"비켜봐!"

옆에서 순담이가 녹현이를 밀어내고 손잡이를 잡았다. 손잡이가 쉽게 돌아갔다.

"어라? 문이 열렸잖아."

둘은 안으로 들어갔다.

동시에 귀를 찌르는 외할머니의 비명.

"으아아 지은아, 왜 이래? 지은아!"

들어가보니 안방에서 좀비 엄마가 외할머니 목을 물기 직전이었다.

"할머니!"

녹현이가 달려가 이단 옆차기로 엄마 옆구리를 찼다. 엄마가 할머니에게서 떨어졌다.

엄마의 눈은 더 무섭게 변해 있었다. 송곳니도 이전보다 두 배는 길다. 「섬집 아기」를 틀기 위해 바지 뒷주머니에서 스마트폰을 꺼냈지만, 달려드는 엄마가 휘두르는 팔에 스마트폰은 저쪽으로 날아가 버렸다.

"카야야악."

엄마는 기괴한 소리를 내며 녹현이 어깨를 잡고 마구 흔들었다. 이제 이성이 사라지고 좀비의 특성만 남아 있는 것 같았다.

와장창.

순담이가 장식용 항아리로 엄마 등을 때렸다. 엄마가 옆으로 쓰러졌다. 순담이는 겁에 질려 거실 뒤로 뒷걸음쳤다.

녹현이도 뒷걸음으로 거실로 이동했다. 정신을 차린 엄마가 둘을 따라 나왔다. 엄마는 보이는 것이라면 누구든 공격하고 싶은 것 같았다.

엄마가 다시 몸을 날렸다.

녹현이가 발차기하려고 무릎을 올렸지만 엄마 몸에 속수무책으로 깔리고 말았다. 녹현이 배 위에 올라앉은 엄마는 두 손으로 녹현이 머리를 잡더니 획, 옆으로 젖혔다. 녹현이 목이 훤하게 드러났다.

"카약."

엄마가 단번에 녹현이 목에 얼굴을 갖다 댔다.

"아아악."

순담이가 비명을 질렀다.

녹현이는 이제 끝이라고 생각했다. 물리는 게 좋을지도 모른다고 생각했다. 자기도 좀비가 되면 이 고생이 끝날 것 같았다.

'엄마, 어서 물어요. 나도 차라리 좀비가 되어 엄마 아빠와 함께 있을래요. 우리 가족은 좀비가 되면 더 좋을지도 모르겠어요. 셋이 함께 있을 수 있잖아요. 어서 물어줘요, 엄마.'

녹현이는 눈을 꾹 감았다.

한참을 기다려도 목으로 다가오는 치아의 느낌이 없었다.

눈을 떴다.

누워 있는 녹현이의 눈에 흉측하고 기괴한 표정의 엄마 얼굴이 보였다. 벌린 입으로 긴 송곳니와 더운 입김이 흐르고 여전히 식식대며 가슴이 오르락내리락하고 있었지만 엄마는 차분했다. 엄마는 아래에 깔린 녹현이가 아닌 정면을 보고 있었다.

엄마 등에 누군가가 있었다.

외할머니였다.

외할머니가 뒤에서 엄마를 꼭 껴안고 있었다.

"내 딸, 그렇게 하지 마라. 너는 충분히 이겨낼 수 있단다. 그러니 날뛰는 거 그만해."

할머니 말소리는 엄마 등을 타고 엄마의 기관지를 따라 엄마의 뇌까지 이어졌다.

할머니는 감싸 안은 손으로 엄마 배를 쓸었다. 할머니는 이마로 엄마 등을 따스하게 비볐다. 놀랍게도 그런 손놀림과 중얼거림이 엄마의 숨을 점점 잦아들게 했다.

녹현이는 이때를 놓치지 않았다.

"순담아, 어서 내 스마트폰!"

순담이가 안방에 떨어져 있던 스마트폰을 녹현이에게 던졌다. 녹현이는 스마트폰을 켜고 「섬집 아기」를 틀었다. 엄마는 고개를 점점 숙이더니 이내 잠든 듯 푹 꼬꾸라졌다.

십 분 후.

엄마는 할머니가 주무시는 안방 옷장에 기댄 채 멍하게 앉아 있었다. 엄마는 수건을 입에 물고 있었다. 두 손에는 청 테이프가 감겨 있었다. 녹현이가 엄마 옆에 놓아둔 스마트폰에서는 「섬집 아기」가 반복되어 흐르고 있다.

외할머니는 그런 엄마를 측은하게 바라보며 글썽였다.

"그 병 때문에 머리가 잘못된 거야. 아유, 불쌍해라."

"병이라뇨?"

"몰랐어? 네 엄마는 암 환자야."

"아, 암요?"

녹현이와 순담이가 눈을 동그랗게 떴다.

"말기 암 진단을 받았다고. 병원에서는 육 개월을 보고 있더라. 빌어먹을 암세포가 머리로 전이된 거야. 그래서 저렇게 미친 듯이 맨발로 동네를 돌아다니는 거야. 아이고, 아이고."

녹현이는 할머니가 잘못 알고 계신다고 생각했다. 엄마는 암이 아니라 좀비 바이러스에 걸린 건데?

"네 엄마가 말이지, 유방암 판정을 받은 사실을 숨기고 있었단다. 의사가 반년 전쯤부터 몸에 이상 증상이 나타났을 거라고 하더만, 어찌 병원도 안 가고 그렇게 병을 키웠누."

녹현이가 물었다.

"엄마가 의사한테 암이라고 전해 들은 날이 언제예요?"

"보름 전이다. 병원에서 결과가 나온 게."

"아아."

엄마가 다이소에서 일할 시간에 멍하게 택시를 기다리며 길가에 서 있던 그날이다. 엄마는 택시를 타고 병원으로 결과를 들으러 가던 길이었다. 엄마는 길에서 멀리 하늘을 보고 있었다. 속으로 제발 암이 아니길 바랐을지도 모른다.

"어이구, 딱한 것. 태어나서 제 인생은 한 번도 살아보지 못했어. 꿈 많은 소녀였는데, 제 아버지가 입원해서 꿈을 접고, 또 임신해서 꿈을 접고, 이제 아들을 다 키워놓으니 암 판정을 받았네. 병원에서 암이라는 소릴 듣고 네 엄마가 날 찾아와 엉엉 울면서 뭐라고 말한 줄 아냐? 자기의 삶을 살지 못한 게 가장 후회된다고 말했단다. 에구, 불쌍한 내 딸."

외할머니는 멍하게 앉아 있는 엄마를 껴안고 엉엉 울었다.

"내가 제주도에 간 게 놀러 간 줄 아니? 병원에서 더는 가망이 없다고 해서 제주도에 요양원을 알아보러 간 거였어. 네 엄마가 앞으로 육 개월밖에 살지 못한다는데, 좀 편한 곳에서 쉬게 해주고 싶어서 그거 알아보러 간 거였다고."

순담이도 옆에서 줄줄 눈물을 흘렸다.

할머니는 엄마가 좀비가 된 것을 모르고 있었다. 엄마 모습이 저렇게 이상하게 된 건 암이 뇌로 전이되어서 엄마 신체가 형편없이 망가졌다고 생각하는 것 같았다. 녹현이는 할머니를 안아주었다. 할머니한테 굳이 좀비 바이러스 이야기를 꺼내고 싶지 않았다.

녹현이는 흐느끼는 외할머니를 일으켜 침대에 눕혔다.

할머니가 쓰러지실까 걱정도 되었지만 무엇보다 할머니가 엄마한테 물리지 않도록 하기 위해서였다.

엄마는 잠잠했다.

외할머니의 넋두리를 듣고 있는지, 아니면 딴생각을 하는지 그저 허공을 보며 멍하게 있었다.

녹현이는 순담이의 스쿠터에 엄마를 태우고 집으로 돌아왔다.

2

From J: 정말 그렇게 할 거예요? 홍?

From 황소뿔: 네.

From J: 다시 생각해요. 다른 방법이 있을 거예요.

From 황소뿔: 아니요. 이게 최선일 것 같아요.

From J: 물론 당신이 엄마를 죽이면 아빠는 정상으로 되돌아올 수 있어요. 당신 엄마는 자립 좀비이고 엄마한테 물린 당신 아빠는 예속 좀비니까요. 하지만 그건 너무 잔인한 짓 같아요…….

From 황소뿔: 그동안 고마웠어요, 제니. 이제 나머지는 제가 알아서 할게요.

녹현이는 노트북을 닫았다.

엄마를 죽여야겠다고 결심한 것은 한 시간 전 있었던 일 때문이었다.

저녁에 녹현이는 먹은 것을 설거지하고 묵혀둔 빨래를 세탁기에 돌렸다. 서재를 정리하면서 매트리스도 안방으로 다시 옮기고 흩어진 물건들을 제자리로 돌려놓았다. 집 안을 환기하고 거실을 청소하던 중에 갑자기 엄마 냄새, 아빠 냄새가 그리워졌다. 이런 것들은 예전엔 전부 엄마와 아빠가 하던 일이었다. 다시는 웃으며 엄마와 아빠가 청소하는 모습을 볼 수 없다는 생각이 들자 문득 사무치게 보고 싶어진 것이었다.

녹현이는 청소기를 거실에 내팽개쳐두고 안방으로 들어가서 엄마 아빠가 사용하던 침대에 한참 엎드려 있었다. 눈을 감으니 엄마 아빠 냄새가 진해졌다.

'진짜 예전으로 돌아가고 싶다. 진짜로.'

그리운 시절이 떠올랐다.

녹현이가 세 살 때쯤인가. 엄마가 어린 녹현이를 안으면, 아빠가 "내 거야!" 하며 엄마에게서 녹현이를 빼앗아 안고, 그러면 다시 엄마가 "내 거야!" 하며 아빠한테서 녹현이를 빼앗아 안아주던 일이.

어렸지만 녹현이는 뚜렷하게 기억하고 있었다.

엄마 아빠가 장난치며 녹현이를 빼앗아 안을 때 셋의 이마에 감돌던 창으로 비치던 주황색 저녁 노을빛을.

또 그때 맡았던 엄마 비누 냄새를.

아빠 살냄새를.

그것들이 아직도 이 침대에 가득 고여 있었다.

또 눈물이 고였다. 그러나 울지 않기로 했다.

'우는 건 이제 시시해.'

그때, 엎드려 있던 녹현이는 침대와 벽 사이에 낀 흰색 통을 보았다. 손을 넣어 꺼냈다. 먼지가 묻은 약통이었다. 얼마 전 아빠가 가방에서 꺼낸 약통과 같은 통이었다.

뚜껑을 열고 손바닥에 알약 하나를 꺼냈다.

알약 표면에 약 이름이 쓰여 있었다.

프로작(Fluoxetine).

'어라?'

느낌이 이상했다.

스마트폰을 열고 프로작을 검색해보니 항우울증약이었다. 전문용어로는 선택적 세로토닌 재흡수 억제제. 줄여서 SSRI라고 했다.

엄마의 비밀

인간의 감정과 행동을 결정하는 신경전달물질인 세로토
닌이 급격하게 사라지지 않고 뇌에 오래 머물게 해서 기분이
우울해지는 것을 막아주는 역할을 하는 약이었다.

녹현이는 아빠와 소파에서 나눴던 말이 떠올랐다.

"내가 혼자 죽으려고 여러 번 결심했지만, 그때마다 녹현
이 네가 떠올라서 그러지 못했다. 다시 이렇게 보니 너무 좋
다."

"잘못하셨으면 엄마한테 싹싹 빌어야지 죽긴 왜 죽어요."

"아빠는 그냥 죽는 게 사는 것보다 나을 성싶었다. 하지만
지금 생각해보면 아주 잘못된 생각이었다. 엄마한테 싹싹 빌
고 전부 말했어야 했다."

맙소사.

전부 말했어야 했다? 아빠가 우울증 때문에 고생한다는
것을 엄마한테 전부 말했어야 했다는 뜻이라면?

'아파도 아팠던 거야!'

아빠는 오래전부터 우울증을 앓고 있었다.

그게 외도한 일을 정당화할 수 없지만 하나뿐인 아빠도

엄마처럼 건강한 사람이 아니었다.

녹현이는 욕실 문을 열었다.

발목에 쇠고랑을 찬 아빠는 욕조에 웅크리고 모로 누워 쿨쿨 자고 있었다. 눈 아래가 수척하게 검고 목에도 유난히 주름이 많았다. 피곤한 얼굴이었다.

"아빠."

녹현이가 부르자 아빠는 "음냐" 하고 뒤척거리며 몸을 반대쪽으로 돌렸다.

녹현이는 결심했다.

늦기 전에 아빠를 치료해야 한다고. 엄마는 좀비 바이러스가 전신에 퍼져 되돌릴 방법이 없다. 그 어떤 외부 자극에도 엄마는 정상으로 돌아오지 않았다. 하지만 엄마에게 물린 아빠는 되돌릴 방법이 있다.

바로 엄마를 죽이면 되는 거다.

'아빠 병을 키우게 할 순 없어.'

엄마가 죽어야 한다는 게 믿기지 않지만 녹현이는 과감히 둘 중 하나를 선택해야 할 때임을 알았다.

순담이의 점심식사

"이힛 맛있겠다!"

순담이 앞에 삼겹살이 지글지글 구워지고 있었다.

부엌 식탁에 마주 앉은 엄마와 순담이는 지금 점심을 막 먹으려 하고 있었다. 아빠는 오늘부터 새로 근무할 아르바이트 학생에게 일을 가르치기 위해 먼저 매장으로 갔다.

엄마는 순담이와 점심을 먹고 순담이가 학원에 가면 집을 청소한 후 매장에 나간다.

순담이는 깻잎과 상추를 펼쳐 포개고 빠삭하게 구운 삼겹살 두 점을 척 올렸다. 거기에 쌈장을 넣고 마늘, 양파를 하나씩 올려 야무지게 쌈을 쌌다.

"아아암."

입을 최대한 크게 벌리고 쌈을 먹으려 할 때, 앞에서 긴 한숨 소리가 들렸다.

"에에에에휴우우."

순담이는 쌈을 입 앞에 두고 동작을 멈춘 채 엄마를 바라보았다.

"왜? 왜 한숨이야?"

엄마가 말했다.

"딸내미 키우면 뭐 하누. 제 입에 들어가기 바쁜데."

엄마는 포일 위에서 지글거리는 삼겹살을 집게로 뒤집으며 고개를 절레절레 흔들었다.

"아, 왜 그래? 엄마도 싸 먹으면 되잖아."

엄마가 꽥 소리쳤다.

"야! 엄마는 지금 너 잡수실 고기를 열심히 뒤집는 중이다. 쌈 싸 먹을 여유가 있냐? 그리고, 너! 어른이 고기를 뒤집고 있으면 네가 맛있게 하나 싸서 '엄마 먼저 먹어봐, 아아' 그래야 하는 거 아냐? 순 저만 알아서는, 제 입에 들어가는 것만 챙기고. 나중에 시집가면 자기 애랑 신랑만 챙기겠지, 으이그. 필요 없어, 다 필요 없어. 너희 아빠도, 너희 언니도, 너도!"

순담이는 들고 있던 쌈을 아쉽게 바라보았다.

순담이가 먹으려던 쌈을 엄마한테 내밀었다.

"자! 엄마 먼저 먹어."

"됐어, 이것아. 너나 얼른 먹고 빨리 학원 가."

그 말에 순담이는 화가 났다.

"아, 뭐야. 주니까 또 그런 소릴 해? 그럼 애초에 그런 말을 말던가."

엄마는 고개를 흔들며 딸 키워봐야 다 소용없다는 둥 자기가 자식을 잘못 가르쳤다는 둥 혼자 중얼거렸다. 순담이는 입맛이 싹 달아났다.

"씨."

"뭐 씨? 엄마 앞에서 이것이!"

"자! 어서 먹어. 안 먹으면 나도 안 먹을 거야!"

"너나 먹어."

"빨리 먹어! 손 아파!"

순담이가 쌈을 내밀었다. 그제야 엄마는 빙긋이 웃으며 말했다.

"히히 그럼 우리 둘째 딸이 싸주는 쌈인데 먹어볼까나?"

엄마는 내심 순담이가 쌈 하나를 척 싸서 내밀어주기를 바랐던 모양이었다.

엄마가 크게 입을 벌렸다. 오늘따라 유난히 새하얗고 큰 치아 너머로 엄마의 커다란 목구멍이 보였다. 순담이는 그 지점을 노리고 쌈을 콱, 밀어 넣었다.

"아우, 급즈으 미으 느으믄 으드흐.(갑자기 밀어 넣으면 어떡해.)"

엄마가 우물거리며 말했다.

순담이는 흥, 하고 자기가 먹을 쌈을 쌌다. 그러다가 문득 이상한 느낌이 들었다.

'뭐지? 뭔가 이상한데? 엄마 입안에서 뭘 본 것 같은데?'

순담이는 무엇 때문에 이런 기분이 드는지 알 수 없었다. 기분탓이려니 하고 신경 쓰지 않았다.

"아휴, 우리 딸이 주니까 참 맛있다!"

"됐지? 이제 나 싸먹는다."

"그래, 그래. 많이 먹어. 우리 딸!"

"넹! 이히."

순담이는 이제야말로 자기가 먹을 삼겹살 쌈을 만들었다. 깻잎과 상추를 포개 펴고 잘 구운 삼겹살 두 점에 쌈장과 마늘과 양파를 올리고 야무지게 쌌다.

아아.

입을 크게 벌리고 넣으려 할 때, 저쪽에서 순담이의 스마트폰이 울렸다.

"에이, 또 뭐야!"

순담이가 쌈을 놓고 거실 탁자로 갔다.

녹현이 전화였다.

"웬일이냐?"

"순담아. 빨리 우리 집으로 좀 와라! 빨리!"

1

　욕조에 잠든 아빠 다리에서 쇠고랑을 풀었다. 이 쇠고랑을
풀고 곧장 옆방으로 가서 엄마를 죽일 생각이었다. 정상으로
돌아온 아빠가 발목에 찬 쇠고랑을 보게 하고 싶지 않았다.
　욕실에서 나온 녹현이는 컵에 정수기 물을 받았다.
　아빠 약통에 든 우울증약을 전부 부어서 녹였다. 이렇게
진한 농도의 약을 먹으면 코끼리라도 쓰러질 게 뻔했다. 그
컵을 들고 엄마가 있는 방으로 들어갔다. 엄청난 항우울제가
녹아 걸쭉해진 컵을 엄마 사진첩 옆에 놓아두었다. 사진첩은
그제 혹시나 해서 방에 넣어두었지만 엄마는 거들떠보지도
않았다.
　녹현이는 아빠가 있는 욕실에도 엄마 사진첩을 넣어두었
다. 엄마를 사랑하는 아빠가 예전 아름다웠던 엄마의 모습을
보고 제정신으로 돌아오지 않을까 해서였다. 그러나 그것도
효과가 없었다.

"크르샤무노쿠!"

반나절 동안 물을 마시지 못했던 엄마는 컵이 있는 곳으로 기어가 컵에 담긴 액체에 코를 대고 냄새를 맡았다.

엄마가 컵을 잡았다.

엄마는 목이 마른 모양인지 몇 번 힘겹게 침을 삼키더니 천천히 컵을 입에 가져갔다. 저 허연 물이 엄마 목을 타고 넘어가는 순간 엄마의 심장은 뚝 멈출 것이다. 녹현이는 차마 볼 수 없어 방을 나갔다. 문을 닫고 나와 방문에 기댔다. 기다렸다. 줄줄 흐르는 눈물은 아무리 닦아도 닦아도 볼을 타고 흘러내렸다.

'잘 가요, 엄마. 사랑해요. 엄마 아들로 태어나서 너무 좋았어요.'

그러다가 돌아섰다.

"안 돼!"

발칵 문을 열었다.

엄마는 막 첫 모금을 입에 넣는 중이었다. 컵을 빼앗아 던졌다. 허연 액체가 엄마 얼굴과 벽과 사방에 흩뿌려지며 사라졌다.

"크야라키샤."

갈증에 흥분한 엄마가 마실 것을 빼앗기자 또 흥분했다. 엄마는 녹현이에게 달려들었다. 할머니 집에서 덤벼들던 힘과는 차원이 다른 강도였다.

엄마는 녹현이 목을 조르기 시작했다.

"캬캬무샤이."

녹현이는 컥컥대며 숨을 몰아쉬었다. 엄마의 두 손에서 단단한 힘이 전해졌다. 엄마는 마치 '너만 없었으면 나는 행복했을 거야'라고 말하는 것 같았다. 점점 의식이 흐릿해졌다. 이번에는 도와줄 순담이도 없다. 녹현이는 눈을 감았다.

'사랑해요. 엄마.'

엄마는 녹현이 목에 송곳니를 천천히 박아넣으려던 참이었다.

그때였다.

사진들이 눈처럼 내리기 시작했다.

눈을 감았던 녹현이도, 녹현이 목에 송곳니를 꽂아 넣으려던 엄마도 고개를 들었다.

엄마와 녹현이 옆에 아빠가 서 있었다.

아빠는 옆구리에 엄마 사진첩을 끼고 있었다. 좀비 아빠는 사진첩 속 엄마 사진들을 한 장 한 장 허공에 뿌렸다. 그 사진들이 녹현이와 엄마에게로 눈처럼 떨어지고 있었다. 아빠는 그게 재미있다는 듯 송곳니를 드러내며 낄낄거렸다.

떨어지는 사진들에서 곧 흥미가 사라진 엄마는 녹현이를 물기 위해 다시 눈동자를 좁혔다. 송곳니가 빛을 발했다. 피를 빨 생각에 엄마 얼굴에는 혈기가 돌았다.

"시루키다."

엄마가 녹현이 목을 물려고 할 때,

작은 사진 하나가 낙엽처럼 지그재그로 흘러내려 녹현이 이마에 붙었다.

검은색이 가득한 사진.

그것은 엄마가 녹현이를 임신했을 때 병원에서 찍은 초음파 사진이었다. 아빠가 흩뿌린 사진들 속에 끼여 있던 것이었다.

엄마는 그 사진을 뚫어지게 바라보았다.

"그르르르."

가르랑거리는 엄마의 숨에서 떨림이 전해졌다.

엄마는 점점 이상해져갔다.

"어?"

녹현이는 엄마 눈을 바라보았다.

좁쌀 같던 눈동자가 점점 커지고 있다. 벌린 입술로 보이

잘 가요, 엄마

는 송곳니가 작아지고 있다. 멍든 것처럼 시퍼렇던 보라색 피부도 점점 흰색으로 변하고 있었다. 지푸라기처럼 푸석하던 엄마의 머리카락에 점점 윤기가 돌았다.

놀랍게도 엄마는 정상으로 돌아가는 중이었다.

'나구나!'

녹현이는 이마에 붙은 사진을 엄마가 더 잘 볼 수 있도록 내밀었다.

엄마는 사진을 쥐고 가슴에 꼭 품었다.

그랬다.

엄마 마음속 근원을 움직이게 한 것은, 깊은 무의식의 연못 속에 가라앉은 돌을 흔들어 연못의 상황을 변하게 한 것은, 1천만 원이 든 통장도, 외할아버지의 목소리도, 옛 애인의 키스도 아닌, 바로 녹현이였다.

엄마의 무의식에서 가장 강렬한 기억은 바로 녹현이를 가졌던 일이었다.

엄마는 사진을 꼭 껴안고 한참 동안 흐느꼈다.

"엄마!"

엄마가 고개를 들었다.

"녹현아!"

엄마가 처음으로 말했다.

녹현이는 안겼다. 엄마도 안았다.

엄마는 녹현이를 안고 흔들었다. 녹현이는 엄마 심장을 느끼며 엄마의 반동에 몸을 맡겼다. 둘은 한동안 그렇게 얼싸 안고 있었다.

둘 옆에 서 있는 아빠는 여전히 입을 샐쭉거리며 사진을 흩뿌리고 있었다. 마치 카퍼레이드에서 색종이를 뿌리는 것처럼.

잘 가요, 엄마

2

"그렇게 된 거구나."

그간 있었던 이야기를 전부 들은 엄마 눈에는 눈물이 고여 있었다. 엄마의 우는 눈에는 반짝임도 녹아 있었는데, 그것은 부모를 살리기 위해 고군분투한 아들의 행동이 소중하고 자랑스럽다는 뜻이 포함되어 있었다.

"왜 암이라고 말하지 않았어요?"

"낫는 게 아니라면 모르고 지내다가 졸린 것처럼 가고 싶었어."

"어떻게 그럴 수 있어요, 나한테."

"미안해."

"엄마, 내가 태어나지 않았다면 좋았다고 생각했죠? 나만 없었다면 엄마는 새로운 삶을 살았을 텐데."

엄마는 녹현이를 가만히 바라보았다.

"녹현이 네가 태어나서 엄마는 새로운 삶을 살고 있단다.

그림 공부도, 승무원 일도, 1천만 원이 든 통장도, 그 어떤 것
도 너와 바꿀 수 없어."

사실이다.

초음파 사진이 엄마를 정상으로 되돌린 것을 보면 사실이
틀림없다. 영리한 녹현이는 더는 그런 이야기를 하지 않기로
했다. 징징 울면서 과거를 반추하는 짓 따윈 영화에서나 나오
는 신파일 뿐이니까.

"그런데 녹현아, 나 몸이 아주 가벼워진 것 같아."

엄마는 두 팔을 흔들며 상쾌한 표정을 지었다.

"내가 먹는 항암제는 너무 독해서 먹고 나면 몸이 무겁고
구토도 나고, 어지럽고 힘들었거든? 그런데 지금은 전혀 그런
느낌이 없어."

"앗! 잠깐요. 오 마이 갓!"

녹현이는 순간 제니가 한 말이 떠올랐다.

"어쩌면 그것은 몸을 리셋하는 것과 같아요. 바이러스가
마음의 근원을 바꾸어버리는 거죠. 그렇게 되면 체질도, 병도,
취향도 전부 바뀌는 것 같아요."

잘 가요, 엄마

"첫사랑만큼 강력한 기억이나 경험을 떠오르게 하면 같은 효과를 일으키는 거죠. 그렇게만 되면 엄마의 신체가 변화할 거예요. 전혀 다른 신체가 돼요. 정화작용이죠. 마치 새로운 옷을 입은 거랄까."

혹시 엄마는 다시 정상으로 돌아오면서 암세포가 싹 사라진 것이 아닐까?

엔도르핀 수치가 높아지면서 정화작용이 일어나 엄마 몸을 청정하게 바꾼 것이라면?

"엄마 병, 혹시 나은 거 아닐까요."

엄마는 고개를 가로저었다. 그럴 일은 없다는 표정이었다.

"분명해요. 제니가 말했어요. 좀비 바이러스가 정화작용을 일으킨다고. 엄마 몸에 좀비 바이러스가 없어지면서 암세포도 함께 없어진 거예요!"

엄마는 여전히 믿으려 들지 않았다.

"정말 그러면 참 좋겠구나. 우리 녹현이랑 오래오래 행복하게 살게."

녹현이는 확신했다. 엄마는 제니의 말을 듣지 못했기에 믿지 않는 것이다. 분명 엄마 몸은 정화되었을 것이다. 마음속 근원이 자각하면서 좀비 바이러스와 함께 신체에 있던 암세포마저도 치유된 것이다. 그동안 제니의 말은 전부 옳았다.

"병원에 가서 검사받아봐요!"

"알았다. 내일 병원에 가서 검사받아볼게."

다음 날, 병원에 간 엄마는 종일 검사를 받았다. 사흘 뒤 엄마는 다시 병원에 갔다. 결과는? 완치 판정을 받았다. 온몸에 퍼져 있던 암이 감쪽같이 사라졌다고 의사도 놀라워했다.

엄마가 좀비가 된 사실을 여전히 모르시는 외할머니는 엄마 뇌까지 퍼진 암세포가 어떻게 이렇게 말끔하게 없어졌느냐며 신기해했다.

"세상에나, 이런 기적이 어디 있니? 하느님, 부처님, 조상님이 전부 도우신 거다. 지은이 넌 기억나지 않겠지만 그때 말이다, 정신이 나간 것처럼 맨발로 동네 뛰어다니고, 나한테 와서 내 머리 잡아 뜯고, 컥컥거리며 물려고 하고. 아이고, 그 일만 생각하면. 아이고, 너 요양시키려고 예약한 제주도 돌담집은 어쩌누. 계약금과 잔금을 한 번에 줘버렸는데."

"가족 여행을 가면 되잖아요!"

"그러면 되겠네. 이번 주말에 가족 여행이나 가자꾸나."

잘 가요, 엄마

녹현이는 욕조에 누워 있는 아빠를 바라보았다. 아빠는 녹
현이와 엄마를 보자 욕조에서 기어 나오더니 거실에서 하인
처럼 웅크렸다. 그리고 이번에는 엄마 발가락을 쪽쪽 빨았다.

'으, 아직도 물 줄 모르는 아빠.'

아빠는 여전히 좀비 상태였다.

제니의 모든 이론이 들어맞았지만, 이거 하나는 들어맞지
않았다.

제니는 자립 좀비가 정상으로 돌아오면 예속 좀비도 정상
으로 돌아온다고 말했다. 또 자립 좀비가 죽으면 예속 좀비도
죽는다고 했다. 그러니까 예속 좀비는 자신을 문 자립 좀비의
상황에 따른다는 것. 그런데 그 이론은 아빠한테는 적용되지
않았다. 엄마가 정상으로 돌아왔는데 아빠는 왜 아직 좀비로
남아 있는 걸까? 제니 동생이 문 강아지도 정상으로 돌아온
마당에.

"아빠가 되돌아오지 않고 있어요. 어떡하죠?"

녹현이가 심각하게 턱을 긁으며 말하자 엄마는 웅크린 아빠를 웃으며 바라보았다.

"뭐가 걱정이니? 방법이 있잖아."

"네?"

"첫사랑이 키스하면 정상으로 돌아온다고 하지 않았니?"

"맞다. 아빠와 엄마는 서로의 첫사랑이었지. 엄마가 키스하면 아빠가 돌아오는 거네! 그걸 몰랐네! 만세!"

엄마는 아빠 앞에 앉았다.

그리고 아빠 양 귀를 잡고 들어 올려 엄마를 바라보게 했다.

"다시는 믿음을 저버리지 않을 수 있어?"

"코코노무야스키."

"약속하겠다는 것 같은데요, 엄마."

"평생 가족에게 진실할 거야?"

"쿠쿠노무야스키."

"그러겠다는 것 같은데요, 엄마."

"좋아, 용서하겠어. 하지만 당신이 한 짓을 평생 잊지 않을 거야. 앞으로 열 배로 잘해서 갚아."

"도로누미캬미야."

"고맙다고 하는 것 같아요, 엄마."

엄마는 녹현이를 돌아보았다.

"너도 나중에 절대로 아빠 같은 행동하지 마라. 남자는 평생 한 여자만 사랑하는 게 가장 매력적인 거다."

"그럼요. 아빠한테도 그렇게 말했어요."

"좋아."

엄마는 아빠 입술에 대고 키스했다.

그러자 아빠의 눈동자가 점점 커지기 시작했다. 엄마는 입술을 떼지 않고 깊고 짙게 아빠에게 입맞춤했다. 점점 아빠의 외모가 변하고 있었다. 구부정한 등이 펴지고 푸석푸석한 머리에도 윤기가 났다.

일 분 만에 아빠는 원래 모습으로 돌아왔다. 아빠는 엄마한테 안겨 엉엉 울었다. 엄마는 예전처럼 아빠 등을 토닥거리거나 어루만져주지는 않았다. 하지만 입가엔 살포시 미소가 그려져 있었다.

노을이 져서 서쪽 하늘이 붉어지고 있었다.

그 빛은 녹현이네 집 거실로 환하게 비쳐 들고 있었다. 녹현이는 노을빛에 젖은 엄마와 아빠 얼굴을 바라보았다.

어릴 적, 어린 녹현이를 서로 안으려고 장난치던 엄마 아빠와 까르르거리는 녹현이의 이마에 서리던 그 빛이 지금 집 안을 비추고 있었다.

녹현이는 노을을 보며 긴 숨을 내쉬었다.

"다시 행복해질 수 있겠다!"

그때 녹현이의 스마트폰이 울렸다. 맹순담이었다.

"녹현아!"

"어, 순담아. 있지, 우리 엄마 아빠가……."

"녹현아! 큰일 났어."

순담이 목소리가 다급했다.

"무슨 일 있어?"

"우리 엄마가…… 엄마가 이상해. 막 송곳니가 길어지고 온 가게를 뛰어다니면서 사람들을 물려고 해!

녹현이는 침을 꿀꺽 삼켰다.

"언제부터 그렇게 되셨어? 오늘 갑자기?"

"아냐. 며칠 전 삼겹살 먹을 때부터 엄마 송곳니가 커진 것 같았어. 으아아, 어떡해."

순담이 목소리 너머로 탁자가 넘어지고 사람들이 비명 지르는 소리가 들렸다.

"순담아, 걱정하지 마. 너한테 초음파 사진 있지?"

"초음파 사진?

"너희 엄마가 너를 임신했을 때 병원에서 찍은 초음파 사진!"

"있을 거야!"

"그걸 준비해놔. 내가 지금 그리로 갈게!"

전화를 끊고 방으로 가서 장비를 착용하는데 스마트폰이 또 울렸다.

동민이였다.

"녹현아. 크, 큰일났어. 우리 엄마가 이상해. 좀비가 된 것 같아. 으아아아."

"그, 그래? 그럼 기다려. 내가 해결책을 알려줄게."

동민이와 통화 중에 다른 전화가 왔다.

진혁이였다.

"으아아악. 사, 살려줘. 녹현아, 엄마가 날 물려고 해!"

장우에게도 민기에게도 전화가 걸려왔다.

녹현이는 침을 꿀꺽 삼켰다.

맙소사, 세상 엄마들이 전부 좀비가 되고 있었다.

녹현이는 이 사태를 해결할 막중한 임무가 자기에게 주어 졌다는 것을 깨달았다.

하지만 걱정하지 않았다.

좀비들한테 가장 소중한 것을 보여주면 되는 거였다.

"쉬워. 바이러스 백신은 바로 너라고!"

클클문고 마음을 크게 세상을 크게

클클문고는 1318 청소년을 위한 문학 시리즈입니다. 다양한 장르의 이야기를 통해 나를 사랑하는 마음을 키우고, 더 넓은 세상을 바라보도록 돕는 청소년들의 속 깊은 친구입니다. 시공간을 넘나드는 상상력과 밤새워 읽는 재미, 뭉클한 감동과 '아하!' 깨달음을 주는 지혜로 가득한 클클문고는 우리 아이들과 함께 고민하고 함께 꿈꾸며, 두근두근 신나고 멋진 미래를 만드는 데 작은 힘이 되겠습니다.

클클문고의 책들

5·18 민주화운동 40주년 기획 소설

저수지의 아이들

정명섭 지음 | 12,000원

1980년 5월 18일, 당시 광주에서 일어난 '저수지 총격 사건'과 '미니버스 총격 사건'을 모티브로 한 책. 한 번도 다뤄지지 않았던 무고한 소년 희생자들에 주목한 저자는 생생한 고증과 묘사로 독자 스스로 자연스럽게 역사의 현장으로 다가갈 수 있도록 이끌어준다.

'말'이 '칼'이 되는 순간

취미는 악플, 특기는 막말

김이환 · 정명섭 · 정해연 · 조영주 · 차무진 지음 | 13,000원

젊은 작가 5인이 각기 다른 사회적 시선에서 '말'에 대한 이야기를 흥미롭게 풀어낸 이 책은 왕따, 사이버폭력, 질투와 시기 등 현재 청소년들이 겪고 있는 문제들을 현실감 있게 그려내고, 말의 가치와 무게에 대해 생각해볼 수 있는 화두와 상상력을 제공한다.

한국전쟁 71주년 기획 소설

1948, 두 친구

정명섭 지음 | 12,000원

해방 후 남한으로 피난을 온 희준과 일본 오사카에서 귀국한 주섭. 마음이 통하는 친구를 만난 즐거움도 잠시, 총선거를 앞두고 치열했던 이데올로기의 대립은 두 친구에게도 들이닥친다. 10대들에게 전쟁의 폭력과 평화의 필요성을 일깨워주는 작품.

나를 즐겁게 하는 것들과 나 자신 사이의 적정 거리

자꾸만 끌려!

김이환 · 장아미 · 정명섭 · 정해연 · 조영주 지음 | 13,000원

이 책은 스트레스로부터 벗어나고 더 행복해지기 위해 시작한
것들에 '중독'되어 일상이 파괴되는 청소년들의 모습을 솔직
하게 보여준다. 10대들의 삶에서 떼려야 뗄 수 없는 요소가 된
스마트폰과 게임, 다이어트를 비롯해 인정과 관계 중독까지,
다층적인 시선으로 청소년들의 마음 건강을 위협하는 문제들
을 다룬다.

성장통 이후에 깨닫는 나다움의 의미

어느 날 문득, 내가 달라졌다

김이환 · 장아미 · 정명섭 · 정해연 · 조영주 지음 | 13,000원

모두가 한 번쯤 성장통처럼 겪는 10대의 몸에 관한 이야기를
독특하고 흥미롭게 풀어내는 단편소설집. 젊은 작가 5인은 이
작품에서 섬세한 언어로 낯설고 당황스러운 몸에 관한 10대들
만의 감정을 풀어낸다.

너무 힘들 때, 나를 보호해줄 유리가면이 있을까?

유리가면

조영주 지음 | 13,500원

이 책은 왕따 문제뿐만 아니라 자신의 진로를 찾지 못해 고민
하고, 친구들의 삶을 곁눈질하는 데 익숙한 청소년들에게 삶
의 중심에 무엇을 둬야 하는지 생각해보도록 돕는다. 또한 우
정은 한쪽의 희생이 아니라 서로의 존재를 인정하는 것임을
따스한 시선으로 보여준다.

생각학교 클클문고

엄마는 좀비
엄마가 좀비가 된다면 어떻게 할래?

초판 1쇄 발행 2023년 4월 26일
초판 3쇄 발행 2023년 12월 29일

지은이 | 차무진

발행인 | 박재호
주간 | 김선경
편집팀 | 강혜진, 이복규, 허지희
마케팅팀 | 김용범
총무팀 | 김명숙

디자인 | 디자인 잔
교정교열 | 김선영
종이 | 세종페이퍼
인쇄·제본 | 한영문화사

발행처 | 생각학교
출판신고 | 제25100-2011-000321호
주소 | 서울시 마포구 양화로 156(동교동) LG팰리스 814호
전화 | 02-334-7932 **팩스** | 02-334-7933
전자우편 | 3347932@gmail.com

ⓒ 차무진 2023

ISBN 979-11-91360-73-8 (43810)